いずれ最強の錬金術師？

SOMEDAY WILL I BE THE GREATEST ALCHEMIST?

8

小狐丸

KOGITSUNEMARU

ルル
日本人勇者の
アカネに仕える、
猫人族の侍女。
カエデ
アラクネという
厄災クラスの
魔物。タクミに
懐いている。
タクミ
ちょっぴり臆病な本作の主人公。
剣と魔法の異世界に転生したが、
喧嘩もしたことがないので
生産職を究めようと決意する。
ドガンボ
聖域に暮らすドワーフの鍛冶師。
タクミとは腐れ縁の仲。

登場人物紹介

CHARACTERS

レーヴァ
狐人族の女の子。
錬金術でタクミを
サポートする。
マリア
家事もバトルも
こなす美少女メイド。
タクミのお世話係。
ゴバン
ノムストル王国の王様。
鍛冶よりも
政《まつりごと》が得意。
ゴラン
ドガンボの兄弟子。
ノムストル王国では神匠《かみしょう》
として崇められている。

1　挙式の準備　その1

エルフのソフィアのご両親であるダンテさんとフリージアさんに、ソフィアとの結婚の報告に行った僕、タクミ。

ソフィアの弟のダーフィと揉めたりして色々あったけど、無事挨拶を終えた僕は、ユグル王国の国境を越えて、そこから聖域《せいいき》に転移してきた。

早速《さっそく》、大精霊達に報告しようとすると――

「だいたいの話は聞いているわ」

「……プライバシーも何もないな」

話す前からシルフが知っていたので、ガックリと力が抜ける。シルフは風の大精霊だから、盗み聞きし放題だとは思うけどさ。

続いて、水の大精霊のウィンディーネが提案してくる。

「タクミとソフィア、マリア、マーニとの結婚式は聖域で挙げた方がいいわね」

「えっ、どうして？　式に出席する人をいちいちチェックする事になると思うけど、面倒じゃないの？」

僕達の身内だけならまだしも、招待客がどれくらいになるのかわからない。選別とか煩《わずら》わしいんじゃないかな。

そう思って周りを見ると、日本から召喚されてきた元勇者のアカネが首を縦に振っている。アカネはウィンディーネの意見に賛成みたいだ。

「セキュリティを考えれば、敵意を持つ人間が入れない聖域は警備が楽だし、タクミとソフィア達の安全に繋《つな》がるわ」

ウィンディーネは頷《うなず》き、呆《あき》れたように言う。

「馬鹿は何処《どこ》にでもいるのよ。タクミの結婚式には、少なくともバーキラ王国からは、ボルトン辺境伯とロックフォード伯爵《はくしゃく》が出席するんでしょう？　ユグル王国からも、ミーミルやフォルセルティが出席するのよね。何かあってタクミが責任を問われると面倒でしょ？」

「あ、ああ……っていうか、ユグル王国の王様は呼び捨てなんだね」

ミーミル王女は仲が良いからまだしも、フォルセルティはエルフの王様なんだけどな。

どうやらウィンディーネは、エルフに対して遠慮《えんりょ》も何もないみたいだ。流石《さすが》は大精霊といったところなのかな。

アカネが腕を組んで言う。

「でもそうなると、式を行う教会の規模が心許《こころもと》ないわね」

聖域にも教会はあるけど、確かにキャパという点では心配かもしれない。アカネの意見に頷いていたら、土の大精霊のノームがさらっと言ってくる。

「そんなもの、建て替えればいいじゃろう……タクミが」

「えっ、僕が？」

僕はノームの方を見る。

「当然、ノームは手伝ってくれるんだよね？」

「儂《わし》は酒造りで忙しいんじゃ」

「嘘だね。お酒飲んでるだけじゃないか」

「わかったわかった。基礎工事だけは手伝ってやるわい」

基礎工事だけってのが少々不満だけど、手伝ってくれるのなら良しとしよう。

すると、シルフ、植物の大精霊ドリュアス、光の大精霊セレネーが勝手な事を言い出す。

「今の教会の使えるところは使えばいいのよ」

「そうね。椅子《いす》や装飾品はもちろんだけど、ノルン様の像はよく出来ているからそのままでいいと思うわ」

「むしろ、ノルン様の像を壊す方が不敬《ふけい》だわ」

「…………」

最後に無言でいたのは、闇の大精霊ニュクス。ニュクスはいつも大人しい。

僕はふと疑問に思って尋ねる。

「教会の建物を大きくするのはいいとして、招待客の宿泊先はどうするの？」

この世界の交通手段は馬車がほとんどだ。なので、比較的距離の近いボルトン辺境伯領でも、聖域までは数日かかってしまう。

結婚式が終わったからって「はい、さようなら」とはいかないよな。

「うーん、どうしようかしら」

シルフはそう口にしたけど、きっと何も考えてないだろうな。

僕が考え込んでいると、ウィンディーネが告げる。

「ユグル王国の国王と王妃はミーミルの屋敷でいいとして、その他の人は歩いていける距離に街があるじゃない？」

ウィンディーネが言っているのは、バーキラ王国、ロマリア王国、ユグル王国が合同で建設した街、バロルの事だ。確かに三ヶ国の大使館があるし、高級な宿もある。馬車ならすぐの距離なのでちょうどいいんだけど……

そうなった場合、ミーミル達だけ優遇する事になりそうなんだよな。

「それだとユグル王国の人だけ聖域に宿泊させる事になるけど、他の国から不満が出ないかな？」

「娘の屋敷があるのに、わざわざ外の街まで出ていかせるの？　一応、私達を信仰するエルフの王族なのよ？」

ウィンディーネは、エルフを少しくらい優遇するのは仕方ないと思っているようだ。エルフと精霊の関係を考えたら、そういうものなのかな。

そこへ、シルフがさらりと言う。

「この際だから宿泊施設を建てちゃえば？」

「うーん……」

簡単そうに言うけど、高位の貴族や王族が宿泊する施設だから、それなりの建物じゃないとダメだろうし、スタッフの問題もある。

僕が頭を抱えていると、またしてもシルフが軽い感じで発言する。

「宿泊施設といっても、部屋を使わせてあげるだけでいいじゃない。どうせ貴族や王族なんて、身の回りの世話をする者を連れてるんだから」

「いや、だから、誰でも聖域に入れるわけじゃないんだよ。随行《ずいこう》する人が一人も結界を通れなかったらどうするのさ」

そういう事もあるかもしれない。そうなると、王様が自分で自分の食事の用意をするなんて事態に……

すると、ウィンディーネが笑みを浮かべて言う。

「そこまで心配しなくても大丈夫よ。当日は、通り抜けられる条件を少しだけ緩めるから。よっぽどの人か、あからさまに害意のある人以外は通れると思うわよ」

「……それなら大丈夫か」

どちらにせよ、セキュリティは万全にしないとダメだな。

なし崩し的に、大きな教会の建て直しと宿泊施設の建設を押しつけられた。

なお、教会の方はただ単純に壊して建て直すんじゃなくて、ノルン様の像はもちろん、使える物を再利用するとの事。というわけで、手間が倍どころじゃない。

ウィンディーネ達大精霊は、僕達の結婚式を聖域以外で挙げるのは危険だと考えている。

理由は、各国の要人を招待するので、聖域以外で挙げるとなると警護に凄い人員が必要になるから。その点、聖域なら大精霊が怪しい人物を弾けるので、警護は最低限で済むというわけだ。

ウィンディーネ達の言ってる事は間違ってはいない。大精霊達に弾かれた人が文句言ってきそうだけどね。

大精霊が去ったあとも話し合いは続く。

「それで、ベールクト達は呼ぶんでしょ？　呼ばないと拗《す》ねるわよ」

「あー！　天空島《てんくうとう》がバレちゃうな！」

アカネが有翼人族《ゆうよくじんぞく》のベールクトの名前を出したついでに、大事な事を思い出した。

現在、有翼人族が住んでいる天空島は聖域の西の海上に浮かんでいる。普段は聖域の結界によって隠せてるけど、聖域に入ってこられたらバレてしまうのだ。

「天空島を動かすのは、今更ないよね」

「別にバレてもいいんじゃない。有翼人族からは、ベールクト以外にもバルカンさんとバルザックさんは呼ばないとダメだし、隠し通せるわけないわよ」

「あ、ああ。それもそうだな」

有翼人族のうちの何人かは聖域に出入りしている。特にベールクトは、頻繁に聖域にある僕達の屋敷に泊まりに来ているから、呼ばないという選択肢はない。

ソフィアが尋ねてくる。

「タクミ様、フラール女王は招待しますか？」

「……いや、フラール女王だけは招待してもいいんだけど……」

「え、ええ、わかります」

魔大陸《またいりく》ではお世話になったし、フラール女王を招待するのは問題ない。でも他の王まで招待したいかと問われると……否だ！

悪魔王ガンドルフはまだいい、一応理性的だし。獣王グズルは寡黙《かもく》で、粗野《そや》ではないからいいかな。鬼人族《きじんぞく》のジャイール王はギリセーフだ。

だけど、残りの二人の獣王、ライバー王とディーガ王は嫌だ。トラブルの予感しかしないし、それ以前に、あの二人が聖域の結界を抜けられるとは思えない。

「こっそりとフラール女王だけ呼ぶか」

「そうですね。フラール女王が治めるアキュロスとは交易もしていますし、有翼人族達もお世話になっているので悪くないと思います。でも、それ以外の王は避けたいですね。仮にガンドルフ王だけに声をかけたとしても、それでディーガ王やライバー王に知られてしまいそうですし」

　そこへアカネが口を挟む。

「アキュロスへは私が招待状を持っていくわ。タクミは色々と忙しいだろうし、ソフィア達はウェディングドレスの用意とかあるでしょ」

「ああ、ウェディングドレスも準備しないとね」

　こうして、アカネがアキュロスのフラール女王の所へ行ってくれる事になったんだけど……ウェディングドレスの事をすっかり忘れてたな。

「マスター！　ドレスはカエデが手伝うのー！」

「レーヴァも手伝うであります」

「ありがとう。ドレス関係はお願いするよ」

　ウェディングドレスは、従魔のアラクネのカエデと、狐人族《きつねじんぞく》で僕と同じ錬金術師のレーヴァに加えて、聖域に住むエルフやケットシーの女性達が協力して作ってくれる事になった。

「そういえば招待状か。そもそも、結婚式の日程を決めなきゃ招待状も送れないけど……その前に教会と宿泊施設だよね」

　僕がそう呟くと、アカネがリクエストしてくる。

「ステンドグラスがいっぱいの教会にしてよ」

「フランスのサント・シャペル教会みたいな感じかな？　僕はケルン大聖堂みたいな外観がカッコイイと思うんだけどな」

アカネの要望は、ステンドグラスに包まれた教会との事。確かにそれは、神秘的な空間になっていいかもしれないな。まあ、作る僕は大変そうだけど。

ちなみに、僕は前世で一度だけ、仕事で海外へ行った事があって、スペインのバルセロナにあるカタロニア音楽堂を見た事がある。その時に見た、天井のドーム型のステンドグラスには圧倒された。

フランスのサント・シャペル教会は実際には見てないけど、写真では見た事がある。写真とはいえ恐ろしく綺麗《きれい》だったな。

アカネの言うように、ステンドグラスでいっぱいにするのはいいかもしれない。作る僕は大変そうだけど。大事な事だから二回言っておく。

はぁ、建物が完成しないと日程も決めれないから、さっさと作業に入るか。

何処まで招待状を送るかは、それから考えよう。

◇

精霊《せいれい》の泉《いずみ》を挟んで、精霊樹《せいれいじゅ》が見える位置に来た。

大聖堂レベルの巨大な建物をそのまま錬成《れんせい》するとなると、材料の石材や粘土の分だけ、大きな穴が出来てしまう。

これから作ろうとしている教会に地下室はいらないので、予《あらかじ》め石材や木材、鉄や銅、銀のインゴット、ガラス用のケイシャやソーダー灰《はい》、石灰石《せっかいせき》を取り出すための石や砂、鉛《なまり》などを集めておいた。

その近くに、図面や外観の完成図、ステンドグラスの完成イラスト、その他の内観の資料などを並べていく。これはイメージを完全に頭に叩き込むためだ。

実はここまで来るのが長かった。設計図や完成イメージのイラストを描く段階で、みんなからあでもないこうでもないと色々な意見が出たのだ。おかげで細かな部分までしっかりとイメージ出来たけど、ホント大変だったよ。

最後に、元の教会に備えつけられていた椅子や女神様像、照明器具や魔導具《まどうぐ》関連を、再利用するためにアイテムボックスに収納していく。

「ふぅ～、集中集中……」

外観はゴシック様式で、内観にステンドグラスをふんだんに使って——ってほんと無茶な事してるな。

「錬成！」

ゴゴゴゴゴォォォォ!!

魔力の光が、積み上げられた素材を包み込む。

その後、徐々に巨大な建造物が立ち上がっていった。

身体から急激に大量の魔力が抜けていくので、慌ててマナポーションを飲み、更に集中し続ける。

即効性のある特別なマナポーションで回復させたのに、もの凄い勢いで魔力が消費されていく。

再び枯渇《こかつ》寸前になったタイミングで、僕はもう一本マナポーションを飲み干す。

それから何度も、魔力の枯渇とマナポーションによる回復を繰り返した。


ふらふらになった僕の目の前に、豪華な尖塔《せんとう》が立っている。建物を覆っていた魔力の光が消えると、僕はその場にヘタリ込んだ。

「ヤバイ……ギリギリだったな」

魔力残量は僅《わず》かだ。マナポーションを飲むのをためらっていたら、魔力枯渇で気絶していたかもしれない。

いや、こんなレベルの建物作るんじゃなかった。

全身に嫌な汗をかいていて気持ち悪い。浄化《じょうか》の魔法を使えばさっぱりするんだろうけど、それが出来ないほど疲労している。

すると突然、僕の身体を浄化の魔法が包み、サッパリとした気分になった。

近くには、猫人族《ねこじんぞく》のルルちゃんを連れたアカネがおり、完成した教会を見ていた。僕はアカネに向かって礼を言う。

「ありがとう、アカネ」

「どういたしまして。魔力ギリギリになるんだったら、一度にやらないで、分けて錬成すればよかったんじゃないの？」

「……そうだった」

確かに一気に錬成する必要はなかったな。飛空艇《ひくうてい》ウラノスや戦闘艦《せんとうかん》オケアノスの時だって、パーツや部品に分けて錬成したんだし。

しばらく座り込んでいると魔力が回復してきて、身体のだるさが抜けてきた。

「よっこいしょと。中の確認をするけど、アカネも一緒に来る？」

「もちろん！　教会の見物に来たんだもの。ね、ルル」

「…………はっ！　す、凄いですニャ！　おっきいですニャ！」

ルルちゃんは僕が錬成した大聖堂を見て、ぴょんぴょん跳ねている。

「ルル！　興奮しないの！」

「はっ！　申し訳ないニャ！　お見苦しい姿を見せてしまったニャ」

それからルルちゃんを落ち着かせると、僕はアカネとルルちゃんを連れて、教会の中へ入っていった。

「「…………」」

「おおー！　イメージ通りに出来たな」

呆然《ぼうぜん》とするアカネとルルちゃん。

そんな二人は置いておいて、各部のチェックをしていこう。

建物内部を包むように、ステンドグラスが張り巡らされている。そこには、どんな言葉で形容しても陳腐《ちんぷ》に感じられてしまうくらい神秘的な空間が広がっていた。

普通、教会のステンドグラスのモチーフといえば宗教画だろう。けど、流石にここで前世の宗教画というのはおかしいと思い、ウィンディーネ達大精霊と女神ノルン様を、植物の紋様と一緒に描いたのだ。

あとは建物の各所に、灯《あか》りの魔導具を設置していかないと。

◇

聖域にゴシック様式の大聖堂が出来てしまった。

大喜びしたのは、ウィンディーネ達大精霊だ。それはそうだろう、自分達の姿がステンドグラスになってるんだから。

ステンドグラスには、大精霊の他に女神ノルン様が描かれているのだけど、その姿が大陸の創生《そうせい》教会《きょうかい》にある像や絵以上に、ノルン様にそっくりだと大精霊達は喜んでいた。

まあ、ノルン様の御姿《みすがた》を拝見した事がある僕からしたら、そりゃそうだよねって感じなんだけどね。

前の教会に設置してあったノルン様の石像も、かなりそっくりに出来てたと思うけど、やっぱりステンドグラスのノルン様の神々《こうごう》しさは別格だ。

こんな感じで、教会の建物自体は完成した。だけど、細々《こまごま》とした仕事はまだ残っている。

椅子は前の教会で使用していた物を流用しようと思ったんだけど、サイズが合わないので作り直した。灯りの魔導具はかなりの数が必要なので、レーヴァと協力して増産しないとダメだった。また教会には管理者の住居スペースや執務室もあるので、生活するための魔導具や家具類も必要だ。

そんなふうに色々作りながら教会の各所をチェックして回っていると、ドリュアスがお願いしてきた。

「……えっと、外構を整えるの？」

「そうよ。何もない場所に建物だけが立っていたら変でしょ」

「なるほど」

聖域の中心部にある主な建物といえば、この教会以外には、音楽堂、僕達の住む屋敷、ミーミル王女が使っている別荘代わりの屋敷、それと酒造関連の施設だけど、どれも柵で囲まれているし、庭園まで整えられているんだよな。

確かに、建物がポツンと立っていたら変か。

「ねっ、わかったでしょ？」

「うん、敷地を囲む壁はすぐに作るよ。中はどうするの？」

「精霊樹や泉が見える建物の裏側に、私が庭園を作るわ。タクミは正面側に石畳をお願いね」

ドリュアスからの依頼なので、深く考えずにサッサと作業に移る。基本、大精霊の依頼を断るなんて怖くて出来ないからね。

◇

さて、次は招待客が宿泊する施設を建設するんだけど、場所は聖域の東側の入ってすぐ辺りに決めていた。

北には果樹園と森が広がっているし、西は農地と聖域の住民の居住区になっている。南は稀少《きしょう》な金属が産出される鉱山だからここもダメ。まあ、聖域に招かれる人が盗掘《とうくつ》なんてしないと思うけど。となると、中心部か東の草原エリアとなるんだけど、精霊樹や泉があり、僕達が住んでいる中央部にはあまり外の人を入れたくないと、大精霊達とソフィア達から言われた。

そんなわけで、東の端の隔離した場所に、宿泊施設を建設する事にした。これなら、挙式の間だけ最低限の警備をすれば済む。

「ホテルみたいな建物で大丈夫だよね。部屋数はそこそこ必要で……」

宿泊施設を建設しようと建材を集めて積み上げている時に、ボード村の人達も招待しようと思いついた。

ボード村の住民は、僕がこの世界に降り立って最初に出会った人達だ。

右も左もわからない僕に、とても親切にしてくれたバンガさんとマーサさん、その息子さんのガンボさん。鍛冶師《かじし》のボボンさんは、僕が鍛冶を始めた当初とてもお世話になった。

そう思い出しつつ、僕は作業に精《せい》を出す。

「とりあえず、部屋数に余裕を持たせて作っておこうかな。それであとはソフィア達と相談だ」

僕の前には、大量に積み上げられた石材、木材、鉄、土、砂がある。僕はマナポーションを手に、意識を集中していく。

そして魔力を練り上げ、完成形を強くイメージして――

「錬成ー！」

イメージするのは、横に長い三階建てのリゾートホテル。広いロビーがあって、全室同じサイズのスイートルーム。施設を管理する人用のスペースも忘れないようにしないと。

ゴゴゴゴォォォォーー!!

教会を作った時と同じくらい、魔力が急激に身体から抜けていく。集中を切らさないようにマナポーションを飲む。

建物が完成した時には、またもヘロヘロになっていた。

「……また一気に錬成してしまった。仕方ないじゃないか、面倒なんだから」

パーツに分けて錬成しようと教会の時に思っていたのに、結局一度で済ませちゃった。

完成した宿泊施設の建物の前で座り込んでいると、レーヴァがやって来る。

「おお！　凄い豪華な建物でありますなー！」

「……あ、ああ、レーヴァ」

「便器や照明器具、あとは水ですな。魔導具の設置はレーヴァに任せて、タクミ様は休憩するであります」

「ありがとう。少し休んでから、周りを囲む壁を作るよ」

レーヴァは細々とした物の設置作業をしてくれるらしい。

あとは壁で建物を囲んで、更に堀を巡らせる予定だけど……今日は休もう。

宿泊施設を建設した東の端は、日本が江戸時代に鎖国《さこく》していた時の長崎にあった出島《でじま》のようになっている。

そこまでする必要ないとは思ったけど、念には念を入れてだ。

宿泊施設の側《そば》には、聖域中心部に続く街道が通っている。そこを含めて壁と堀で囲い、聖域への唯一の出入り口とした。

まあ、結界に影響されない僕達には関係ない出入り口だけど。

敷地の面積は、史実の出島よりも少し広い2ヘクタールくらい。そこを高さ10メートル、厚さ2メートルの石壁で覆い、その外側を堀で囲う。堀には一ヶ所、5メートル幅の橋を架け、鋼鉄製の門を設置した。

当然のように、門には自律行動型の警備ゴーレムを配置する。

警備ゴーレムは、トリアリア王国との戦争で使用した物を流用している。アイテムボックスの肥やしになっていたから、再利用出来てよかった。

現在、教会の方はエルフやケットシー達が、ドリュアスの指示に従って周りを花で飾っている。

宿泊施設の方は、レーヴァ、アカネ、カエデが内装の仕上げをしていた。

アカネには他にも仕事をお願いしていて、パペック商会に発注する備品のリストアップもしてもらう事になっている。

カエデはソフィア達のウェディングドレスの製作もあるので大忙しだ。

なお、教会と宿泊施設の内装は、ドガンボさんらドワーフ達も協力してくれている。ドワーフ達は僕の作った両施設を見て、何故《なぜ》か対抗心を燃やしているようで、そこかしこに芸術的な彫刻や装飾品を作ってくれていた。

ともかくこれで僕の仕事が一段落したので、次は招待状を送らないといけないのだけど……

◇

「えっと……ソフィアのお父さんお母さんを招待するのは当然として、弟君にも一応送らないとね」

「ユグル王国の国王と王妃にも送らないとダメよ」

聖域の屋敷で、僕とアカネが中心になって、招待状を送付する相手のリストを作っていた。

ここにソフィア、人族のメイドのマリア、兎人族《うさぎじんぞく》のマーニがいないのは、カエデと一緒にウェディングドレスの製作にかかりっきりだから。レーヴァは、教会と宿泊施設の魔導具関連の製作と設置で忙しい。

「バーキラ王国は、ボルトン辺境伯とロックフォード伯爵だよね。王様はどうしようか？」

「一応送っておきましょう。ユグル王国の国王に招待状を送っているんだもの。バーキラ王国に拠点を持っているのだから、何もなしというわけにはいかないでしょ」

ボルトン辺境伯と夫人、ロックフォード伯爵と夫人とロッド君、エミリアちゃんも招待した方がいいかな。

僕は、紙に招待する人の名前を書いていく。

「あとは、パペック商会からパペックさんとトーマスさん、ボルトン辺境伯の所のセルヴスさんはどうしようかな……」

ボルトン辺境伯家の家宰《かさい》であるセルヴスさんにも、招待状を送った方がいいのかな。

「ボルトン辺境伯夫婦を招待したら、セルヴスさんも一緒に来ると思うわよ。まあ、一応送っておきましょう」

「そうだね。それで、ロマリア王国はどうしよう？」

ロマリア王国とはそれほど交流してないんだけど、バーキラ王国がロマリア王国と同盟関係にあるし、シドニア神皇国関係で共闘した間柄ではあるんだよね。まったく何もなしってわけにはいかないだろう。

「そうね……国王宛に招待状を送っておきましょう。それで代理を送ってくるのか、自分が来るのかは、向こうの都合《つごう》だし」

「それもそうだね」

王族、貴族関係はこんなものだろう。

続いて、僕らに近い庶民の招待者を考えよう。

「ボルトンの冒険者ギルドのバラックさんとハンスさん、あっ！　ヒースさん、ライルさん、ボガさん達も呼ばないと」

「『獅子《しし》の牙《きば》』っていうパーティだっけ？　Aランク冒険者だから貴族や豪商の中に入っても大丈夫でしょ。ちょうどいいんじゃない。ボード村の人も呼びたいんでしょ？　周りが偉い人ばっかりだったら可哀そうだもの」

「そうだね。バンガさんやマーサさんには是非《ぜひ》出席してほしいかな。あ……でも、ボード村と聖域の距離が問題か……」

ボルトン辺境伯領から聖域までは、普通の馬が引く馬車で三日かかる。ボード村からほぼ出た事がないというバンガさん達には、かなりハードルが高いかもしれない。

「そこはもう、タクミが迎えに行くしかないんじゃない？　ツバキだって一度は行ってるんでしょ？」

そうそう、ツバキを連れていった事もあるんだけど、ツバキも今となってはグレートドラゴンホースに進化しちゃってるんだよね。

連れていったら腰抜かすだろうな……

「そうだね。僕が直接招待状を手渡しして、そのまま連れてくるよ」

「それがいいわね」

僕はアカネに他の招待状を送ってもらうよう頼むと、ボード村へ行く準備を始めるのだった。

2　挙式の準備　その2

僕の視界が一瞬で変化する。

二度目に訪れた時から更に発展したボード村が、遠目に見える。

前回来たのは、シドニアからアカネとルルちゃんを保護して間もなくの頃。しばらく追手《おって》を避けるため、辺境中の辺境のボード村で過ごしたんだっけ。

あの頃を思い出してみると、アカネは遠慮しなくなったよな。年齢的には僕と同じくらいなのに、まるで弟のように扱われるのはどうなんだろう……

それはさておき、村に不釣り合いな堅固《けんご》な門が見えてきた。

突然、門の前に転移するのはマズいので、少し離れた位置に転移してきたけど、たまたま街道に人がいなくてよかった。

僕が最初にお世話になった頃のボード村は、本当に小さな村だったので訪れる人なんていなかったけど、今は色々な目的の訪問者がいる。もっと気を付けないと。

歩いて近づいていくと、門の両脇に仁王立《におうだ》ちする警護ゴーレムが見えた。問題なく稼働しているようだ。

2メートル50センチの全身魔法合金製のゴーレムは、その見た目だけで盗賊などの心を挫《くじ》くほど十分な迫力を持っている。

門の側に行くと、見た事がない門番が一人立っていた。

どうやら僕を怪しんでいるらしい。

「オイ！　君は一人でこの村に来たのか？　何の目的で来たんだ？」

「えっと、知り合いに会いに来たんですが……」

そりゃ不審に思うよなと感じつつ、僕はその門番に冒険者ギルドのギルドカードを提示する。彼は僕のランクを見て、目を見開いた。

「なっ！　これは失礼しました。ようこそボード村へ」

「ありがとうございます」

門番に会釈《えしゃく》して門をくぐる。

通りには人が行き交い、随分と活気がある。僕はしばし立ち止まって、その光景を見て感慨深い気持ちになっていた。

「凄いな……辺境の小さな村だったボード村が、もう町って呼んでもいいんじゃないかな」

思い出に浸《ひた》っていた僕は、ふと思い出す。当時寝泊まりしていた小屋はどうなっているのだろうか。

早速見に行ってみる。

「おお！　まだ残っていたんだ」

僕が建てて住んでいた小屋は、あの頃と変わらず、村の一画にポツンとあった。何故かここの周りだけあの当時のままだ。

小屋を眺めていると、背後から懐かしい声がする。

「あらっ、タクミちゃんじゃないの！」

振り向くとそこにいたのは、買い物帰りなのか、片手に荷物を持ったマーサさんだった。

「マーサさん、ご無沙汰《ぶさた》していまグッフッ……」

「タクミちゃん！　元気そうで安心したよ！」

再会の挨拶の途中で、まるでタックルのような抱擁《ほうよう》を受ける。

「ところで、ソフィアちゃんやマリアちゃん達はどうしたんだい？　まさか喧嘩《けんか》別《わか》れでもしたんじゃ……そういえば、カエデちゃんの姿も見えないね。他にもいただろう？　タクミちゃん、一人で帰ってきたのかい？」

「ちょっ、ちょっと待ってください！」

マシンガンのように繰り出されるマーサさんの質問責めに、僕はストップをかける。

「あらっ、ごめんなさいね。タクミちゃんに会えて興奮しちゃったわ。とりあえず家に来なさいよ。バンガも喜ぶわ」

「それじゃ是非」

バンガさんとマーサさんに招待状を渡すのが来た目的なので、素直に頷いてマーサさんのあとについていった。

「さあ、入った入った。お茶でも淹《い》れるわね」

「ありがとうございます」

久しぶりに訪れたバンガさんとマーサさんの家は、建て替えられてはいないけど、ちょっと豪華になっていた。室内には上等そうな絨毯《じゅうたん》が敷かれ、大きなソファーが置かれている。

しばらくマーサさんと話していると、バンッと扉の開く音が聞こえた。顔を向けると、バンガさんが勢いよく入ってきた。

「マーサ！　タクミに似た奴が村に来てるらしいぞぉ！」

「あんた、声が大きいのよ！」

「そうじゃなくてタクミが……って、タクミじゃねえかぁ！　戻ったんなら言えよ！」

「バンガさん、お久しぶりです」

バンガさんが大股で近づいてくる。僕が立ち上がって挨拶しようとすると力強く抱き着き、バンバンと背中を叩く。

バンガさんの手から本当に嬉しそうなのが伝わってきて、僕も笑顔になる。

——やっぱり、ボード村は良いな。

この世界に降り立って初めての交流が、ボード村の人達で本当に良かったと改めて思った。

「何だと！　そりゃめでてぇじゃねぇか！」

室内に大きな声が響き渡る。

お二人の家にお邪魔してお昼ご飯をご馳走《ちそう》になってから、三人でお茶を飲んでいる時に、僕の結婚について打ち明けると、バンガさんもマーサさんもまるで自分の息子の慶事《けいじ》のように喜んでくれた。

「まあ、まあ、おめでとう、タクミちゃん！」

「ありがとうございます。それで、結婚式の招待状をバンガさんとマーサさんに届けに来たんです」

アイテムボックスから取り出した招待状を、二人に手渡す。

「……タクミよぉ。悪いが俺は、ボード村を出た事がないんだ。書かれている場所の見当もつかねえ」

「私達なんかが出席しても大丈夫なの……？」

二人は不安を口にした。

聖域があるのはバーキラ王国内ですらない。普通の村人が気軽に行ける距離ではないのだ。

この世界に生きる人の多くは、生まれた地を出る事なく一生を終える。商人や冒険者でもなければ、魔物や盗賊に遭うリスクを冒《おか》してまで生まれた地を離れないのだ。ましてや国外への旅なんて想像の埒外《らちがい》だろう。

僕は、不安げにするバンガさんとマーサさんに優しく言う。

「心配しないでください。挙式の日程はまだ先ですけど、僕が迎えに来ますから。もちろん、旅費や宿泊費は必要ありません」

当初の予定では、このままバンガさん達を一家ごと連れて聖域へ行くはずだった。けれど、流石に長期間村を離れさせてしまうのはまずいかなと思い、式の日程が近づいた時点で、もう一度迎えに来る事にした。

「わかった。俺達は出席させてもらうぞ」

「タクミちゃんの晴れ舞台だもの。喜んで出席させてもらうわ」

「ありがとうございます」

バンガさんとマーサさんからオーケーをもらってホッとする。

ボード村は僕にとって特別な場所なんだ。その中でもバンガさんとマーサさんには特にお世話になった。だから、是非出席してもらいたかったんだ。

マーサさんが急に提案してくる。

「結婚式を挙げてから、少し日にちをずらしてで構わないから、ボード村でお披露目《ひろめ》の宴会を出来ないかしら？」

「おう、それはいい考えだな」

「大丈夫ですかね。ボード村も随分と村人が増えているようですし、僕の事を知らない人も多いと思いますけど……」

「大丈夫よ。タクミちゃんとカエデちゃんは、ボード村の住民といっても過言じゃないもの」

「わかりました。式が終わって一段落ついたら、みんなでボード村に来ますね」

「村のみんなも喜ぶわ」

これでボード村での用事は終了だ。次はボルトンに行って、パペック商会と冒険者ギルドを回らないといけない。

ちなみにボルトン辺境伯、ロックフォード伯爵、バーキラ王には直接招待状を持っていけないので、冒険者ギルド経由で郵送する予定だ。実を言うとそれに結構時間がかかるため、挙式の予定が二ケ月先になったんだよね。

郵送は、バーキラ王国内なら一週間あればお釣りが来るが、ロマリア王国やユグル王国にも送らないといけない。

実際のところ、僕が結婚するというのは、冒険者ギルドの通信の魔導具で伝わるのだけど、正式な招待状という形が大事なんだとか。

二ケ月も先になるのなら、教会と宿泊施設の建設を急ぐ必要もなかったな。

アカネに言わせれば、日本でも結婚式の準備というのは何ケ月も前からするものらしい。前世ではとんと縁がなかった僕にはわからない話だけど。

バンガさんとマーサさんに、結婚式が行われる日にちが近づいたら迎えに来ると約束し、僕はボード村をあとにした。

門の前で見えなくなるまで見送られ、周りに人がいない事を確認した僕は、ボルトンの屋敷に一旦転移する。

先にパペックさんの所へ行こうかな。

◇

僕がパペック商会に来るのは久しぶりだ。ここのところずっと納品関係はレーヴァに任せっきりだったからね。

「あれ？　違う建物が立ってる？」

パペック商会の場所を忘れるはずがないんだけど、建物が大きくなっていて、更に豪華になっているような気がする……

って、新しい建物になってるね。

看板に「パペック商会」と屋号があるので間違いではないようだ。もともと大商会で、ボルトンでも大きな店だったけど……

中に入ると、僕の顔を覚えていた従業員がいたので、番頭格のトーマスさんを呼びに行ってもらった。

「これはこれはイルマ様、お久しぶりでございます」

「ご無沙汰しています、トーマスさん」

「さあさあ、どうぞ中へ。パペックももう戻ってくるはずです」

トーマスさんに応接室に通される。応接室は以前よりも、ワンランクもツーランクも上の豪華さになっていた。

「すぐにお茶をお持ちしますので、おかけになってお待ちください」

「あっ、どうぞお構いなく」

しばらく待っていると、パペックさんが入ってきた。

「お待たせして申し訳ございません。タクミ様、ご無沙汰しております」

「お久しぶりです、パペックさん。僕の方こそ、ここのところ忙しくて直接納品に来られなかったので」

お互いに挨拶を交わしてから、本題に移る。

「今日は、僕とソフィア、マリア、マーニとの結婚式への招待状を持ってきました」

「おお！　やっとでございますか！　まだかまだかとヤキモキしていたのですよ」

「おめでとうございます、イルマ様」

祝福してくれるパペックさんとトーマスさん。

招待状を二人に渡すと、パペックさんは早速内容を確認する。

「どれどれ。ほぅ、聖域の教会で式を挙げるのですね。私とトーマスもですか。喜んで出席させていただきます」

「……護衛は最小限との事ですが、どうせなら『獅子の牙』に指名依頼を出しますか？」

トーマスさんが渡した招待状を見てそう言ってきた。「獅子の牙」の面々も式に招待するとわかっているのだろう。

パペックさんが賛同して言う。

「おお、それはいいですね。タクミ様と彼らは、何度か一緒に依頼を受けたと聞いています。確か、ボード村からボルトンまでも一緒でしたね」

「はい。ヒースさん達にはお世話になりました。このあと冒険者ギルドに行って、バラックさんとハンスさんに招待状を渡すついでに、ヒースさん達への招待状を預けておこうと思っています」

「獅子の牙」のヒースさん、ライルさん、ボガさんの三人とは、パペックさんと一緒にボード村からボルトンに向かう途中で出会った。その後も、トレント狩りやダンジョンの攻略でお世話になっている、言わば腐《くさ》れ縁《えん》なのだ。

「ではちょうどいいので、私達は彼らと一緒に聖域へ向かうとします」

「ありがとうございます。聖域の東に門を作りました。そこを入ると招待客専用の宿泊施設があるので、式の前日までにチェックインしてください」

早めに到着してゆっくりと滞在しても大丈夫だと告げ、僕はパペック商会をあとにした。

◇

パペック商会から冒険者ギルドに向かって進みつつ、こうしてボルトンの街を歩くのは久しぶりだと気が付く。

シドニア神皇国が雇った闇ギルドが僕を襲撃して以来、街中を歩くのはソフィアから止められていたし、最近ボルトンの屋敷には転移でしか行き来してないんだよね。

ボルトンの街を楽しみながら歩き、変わらぬ姿の冒険者ギルドの建物にたどり着いた。

中に入ると、忙しい時間帯が過ぎているので当たり前だけど、閑散《かんさん》としていた。周囲を見回していると、すぐに声をかけられる。

「タクミ君！　タクミ君じゃないか！　久しぶりだね。一人かい？　ソフィアさんが一緒じゃないなんて珍しいね」

「ハンスさん、ご無沙汰してます。今日はみんな忙しくて僕一人なんです。それで、バラックさんいますか？」

「案内するよ。ついて来て」

ハンスさんのあとについて、ギルマスであるバラックさんの部屋へ向かう。

コンコンッ。

「ギルマス、タクミ君が来ています」

「おう！　入ってもらえ！」

ドアをノックしてハンスさんが室内に呼びかけると、中からバラックさんの声が聞こえた。

「さぁ、どうぞ」

「はい」

ハンスさんに促されて部屋に入る。

バラックさんは、相変わらず書類にまみれていた。

「おう。タクミがわざわざ俺を訪ねてくるなんて珍しいな。トラブルって顔じゃないようだが……まあ、座れや」

「はい。あっ、ハンスさんも一緒に話を聞いてください」

「僕もかい？」

三人で来客用のソファーに座ったところで、僕は招待状を取り出す。

「このたび、ソフィア、マリア、マーニと結婚式を挙げる事になり……つきましては、バラックさんとハンスさんに出席してもらいたいと思いまして……」

「おお！　それはめでてえじゃねえか」

「おめでとう、タクミ君」

続けて挙式の日程を伝え、招待客用の宿泊施設がある事を話す。

「もちろん出席させてもらうぞ」

「ギルマスのスケジュールを調整しないといけませんが、大丈夫ですよ。という事でギルマス、書類は片付けてしまってくださいね」

「なっ!?　まさか全部って言わねぇよな」

「いえ、全部ですよ」

ハンスさんからそう言われたバラックさんは、積み上げられた書類の山を見て、遠い目をしていた。

それから僕は「獅子の牙」宛の招待状をハンスさんに渡し、ギルド経由でバーキラ王国、ロマリア王国、ユグル王国に招待状を届けてもらう依頼を出した。

バラックさんが溜息《ためいき》混《ま》じりに言う。

「……仕方ねぇか、ちゃっちゃと書類を片付けるか」

「では、私達は余裕を持って到着するように向かいますので、聖域で会いましょう」

「はい、お待ちしています」

こうして冒険者ギルドでの用事を済ませた僕は、挙式の打ち合わせのために聖域へ戻るのだった。

3　結婚式　その1

聖域の東にある街、バロルに豪華な馬車が続々と集まってくる。

ユグル王国の国王、王妃、宰相のバルザ様が、護衛の騎士とともにバロルに入っていった。国家の重要人物が総出で国を空ける事になるんだけど、エルフの国には長老衆というのがいるので大丈夫なのだそうだ。

ダンテさんとフリージアさんは、直接聖域に来る予定なんだけど、ダーフィはどうなるのかな……

ロマリア王国からは、ユグル王国と同じように国王と王妃、宰相のドレッド様が護衛の近衛騎士を連れてやって来た。バーキラ王国も同様で国王と王妃、宰相のサイモン様、更にボルトン辺境伯とロックフォード伯爵が家族を連れてバロルに入る。

パペックさん達とかバラックさん達とかが来ているかはわからない。各国の国王達は大勢なのでわかりやすいんだけど。

ここで、ちょっとしたトラブルが発生した。招待状を送っていない貴族や豪商が集まり始めたのだ。その中に、以前ソフィアを狙っていたホーディア伯爵がいるようだ。何か問題を起こさないか、僕よりもユグル王国の国王やバルザ様がピリピリしていた。

各国の招待者達はバロルで休息を取ったあと、聖域の出島にある宿泊施設に移動する事になっている。

時を同じくして、聖域の西の港に、アキュロスの女王フラールと側近の鬼人族リュカさんが到着したと連絡が入った。フラール女王のお供はリュカさん一人のみらしい。

宿泊施設の中では、エルフや人魚族の人達が忙しく動き回り、出迎えの準備をしてくれている。

なお、式には聖域のみんなが参加する予定だ。

ケットシーのマッボ・ポポロ夫婦、ミリ・ララ姉妹。

猫人族の兄妹のワッパとサラ。

人族の姉妹コレットとシロナ。

エルフで果樹園の管理をお任せしている親子、母のメルティーさんと姉のメラニーと妹のマロリー。

西の村で漁業と製塩業を任せている人魚族のフルーナさん。

当然、ドガンボさんを始めとするドワーフ達も出席する。

あとで色々言われるだろうけど、有翼人族も出席予定だ。ちょっと前に天空島からベールクト、バルカンさん、バルザックさんが到着し、出島の宿泊施設ではなく僕達の屋敷に泊まっている。

◆

バロルの高級宿の一室で、エルフの種族特性である端整な容姿は何処へ行った？　と問い詰めたくなるほど醜《みにく》く太った豚のようなエルフが怒鳴っている。

「おい！　どういう事だ！　伯爵たる儂《わし》が招待されんなんて！　何とかしろ！」

ユグル王国貴族、ホーディア伯爵である。

最近始まった聖域との交易の益を得ようと、彼は様々な手を使っていたが、当然上手くいっていない。また、事あるごとに聖域へ侵入しようとしていたが、成功した試しはなかった。

エルフでありながら精霊に見放された彼が、聖域の結界を抜けられるわけがないのだ……

「クソッ！　ソフィアは儂の物になるべき女だ！　人族などには勿体《もったい》ないわ！　国王やミーミル王女は気でも触れたか？」

「…………」

王族への暴言を吐くホーディア伯爵に、部下達は距離を取り出す。

これまで彼は、金とコネの力で好き勝手にしてきた。だが、とうとう誰も庇《かば》いきれなくなっていた。今では宰相のバルザ指揮のもと、ホーディア伯爵がしてきた不正や犯罪行為の証拠集めが行われているのだ。

だが、それを知らぬは、誠実さを母の胎内に忘れてきたと陰口《かげぐち》される本人のみだった。

邪《よこしま》な考えを持って集まってきたのは、ホーディア伯爵だけではない。

強欲《ごうよく》な商会、盗賊、闇ギルドも聖域を目指していた。

ただし、バーキラ王国、ロマリア王国、ユグル王国の三ヶ国の王族が集結するとあって、三ヶ国は合同で治安維持の部隊を編成している。それによって大量の悪人が捕縛されていった。あまりに大量の捕縛者が出たため、その一部は、タクミが作った城塞都市《じょうさいとし》ウェッジフォートへ送られている。

このように、ただの平民であるタクミの結婚式は、好むと好まざるとにかかわらず、多くの人々の注目を集めるのだった。

◆

質素な馬車が、未開地に出来たばかりの真新しい街道を走っている。

ユグル王国の下級貴族、シルフィード家の馬車だ。

「…………」

馬車の中には、シルフィード家当主のダンテ、妻のフリージア、それと固い表情で一言も話す事なく押し黙る青年がいる。姉のソフィアにプライドをへし折られた、弟のダーフィである。

ダンテがダーフィに声をかける。

「ダーフィ、くれぐれも態度には気を付けるのだぞ。挙式にはフォルセルティ王のみならず、王妃様やバルザ宰相も出席なさるのだ。この間のような態度は許されんぞ」

「………」

先日のソフィアとの諍《いさか》いのあと、ダンテはダーフィに繰り返し態度を改めるように言った。肝心のダーフィに、その言葉は一切届いていなかったが。

ダーフィは今、懐《ふところ》に短剣を忍ばせている。しかも、その刃には毒が塗られていた。

（これで傷さえ付ければ……）

ダーフィの頭の中には、それしかなかった。

ターゲットはタクミ。姉が失って一番悲しみ苦しむ対象は、タクミだと考えたのだ。

（聖域の中なら、姉も奴の護衛に付きっきりという事はないだろう。ましてや結婚式だ。花嫁は準備に忙しい……）

ダーフィは間違いに気付いていない。

彼は、タクミが戦えないと思い込んでいた。多くのステータスでダーフィを大きく上回っているというのに。

それだけでなく、大精霊を始めとする精霊達が、聖域の中での暴挙《ぼうきょ》を許すはずがなかった。だが、精霊の声が聞こえないダーフィが、それに思い至る事はない。

やがて聖域を囲う防壁が見えてきた。

「……これは凄いな」

「……ええ。何て立派な防壁なんでしょう。王城の物よりも立派かもしれないわ」

「…………」

結界に阻《はば》まれ、中の様子が覗《うかが》えなかった聖域が徐々に明らかになっていく。

なお、張り巡らされた防壁と堀は、聖域の防備が鉄壁である事を示すために、敢《あ》えて見えるようになっていた。

馬車が街道に沿って、真っすぐ進んでいく。

聖域は精霊に認められた者しか入れないと認知されているが、未だに強引に入ろうとする者はあとを絶たない。今も、我も我もと有象無象《うぞうむぞう》が集まってきている。

結界の境い目までたどり着くと、奇妙な光景が目に入ってきた。結界を越えて中に入ったはずの馬車が、方向を変えて出ていくのだ。

これは、聖域の入り口に仕掛けられている特別な結界「試《ため》しの門《もん》」。不適切な者を押し返す結界になっているのである。

その様子を横目に見つつ、シルフィード家の馬車は結界を越えていく。

何事もなく通り抜けたかに思えたが、実は大精霊によるチェックを受けていた。

ダーフィが懐に忍ばせていた毒が塗られた短剣が、いつの間にか消えていたのである。外して置いてあったダーフィの剣もその姿を消している。

結界を通り抜けた事にホッとするダーフィが、そうした異変に気付くのはもう少しあとの事だった――


結界を通り抜け、少し走ると堅固な門が見えてきた。

門の両脇には、2メートル50センチの全身鎧を着込んだようなゴーレムがおり、仁王立ちして門を護《まも》っている。

さっきの結界を通り抜けた馬車は少なく、シルフィード家の順番が来るまで時間はかからなかった。

ふと遠くに見えた、出島にある豪華な宿泊施設に、ダンテが声を上げる。

「……これは、あそこに滞在するのか？」

「いえ、私達はここじゃないわ」

「？」

フリージアはダンテの言葉を否定すると、更に続ける。

「この先の門を抜けて、聖域の中心部にあるタクミさんの屋敷にお世話になるそうよ」

「……精霊が知らせてくれたのか？」

「あなたも落ち着いていれば聞こえたはずよ。深呼吸でもしたらどう？」

フリージアに言われ、顔を赤くするダンテ。

同じく精霊の声が聞こえていなかったダーフィは、自分が平静ではなかったから精霊の声が聞こえなかったのだと勘違いする。

警備ゴーレムのチェックを抜け、出島を通って聖域に入る。

ダンテ達の目に、巨大な精霊樹が見えてきた。

ダンテとダーフィが呆然として精霊樹を見上げる。

「「…………」」

「……何て清浄《せいじょう》な空気なんでしょう」

フリージアは聖域の空気を吸い込み、その心地よさを堪能《たんのう》する。

精霊を見る事が出来るエルフにとって、聖域は奇跡の土地だった。聖域の中心部へ延びる道を馬車で進みつつ、彼らは声を上げる。

「……何て精霊の数だ」

「……世界樹周辺と比べても多いわ」

「…………」

もともとこの土地は、濃い魔素が漂う魔境《まきょう》だった。それにもかかわらず、土地は浄化され、豊かな緑に溢れている。精霊の泉からは、清らかな水が渾々《こんこん》と湧き出ていた。

ここは精霊が集まってくるだけの場所ではない。今では、新しい精霊の生まれる地となっているのだ。

精霊を見て感動するダンテとフリージアを尻目に、ダーフィは一人焦っていた。

彼はこの時になって初めて、精霊を見られなくなっている事、その声すら聞けなくなっている事に気付いたのだ。

（ど、どういう事だ！　何故なんだ！）

表情には出さないようにしているが、背中には冷たい汗が流れ、身体は震えていた。

それからダーフィは、懐の短剣がなくなっている事に気付いた。それが意味するのは、精霊が自分を監視しているという事である。

ダーフィは怯えながら、頭を振って考えを巡らす。

（剣や短剣が使えなくても、魔法による不意打ちがある……）

そう思い至った時、体内で魔力が練れない事に気が付き、ダーフィは愕然《がくぜん》とする。なお、これはシルフィード家の名の由来となった大精霊、シルフが一時的に封じたためである。

ダーフィの混乱をよそに、シルフィード家の馬車は更に進んでいく。

この世界ではなかったであろうレベルの大聖堂や音楽堂といった建築物を見て、ダンテとフリージアは、あんぐりと口を開けていた。

「……精霊の泉に精霊樹……ここは楽園なのか？」

「泉に映る精霊樹が幻想的で素敵ですね」

やがてタクミの屋敷に到着した。

馬車からダンテとフリージアが降り、あとから悄然《しょうぜん》とした様子のダーフィが降りた。

迎えに出てきたタクミ、ソフィア、そして何故かその場にいた神々しい存在を見て、三人は思わずその場に両膝をつき、祈り始めてしまった。

◇

シルフに、ダンテさんとフリージアさんの馬車がもうすぐ到着すると教えてもらったので、僕、タクミとソフィアは屋敷の外で出迎える事にした。

「ソフィアの弟君、悪さしようとしてたから、魔力を封じておいたわよ」

「シルフ様、申し訳ございません」

ダーフィが何か仕掛けようとしていたみたいだとシルフから教えられ、ソフィアが謝る。

出迎えに出た僕とソフィアの横には、シルフ、ウィンディーネ、ドリュアスが並んでいるんだけど、これだとダンテさん達が緊張しちゃうんじゃないだろうか。

「一応、何も出来ないように精霊達が見張っているし、あとは放置で大丈夫だと思うわ」

「本人も心が折れてるみたいだしね」

ウィンディーネとドリュアスがそう言うって事は、ダーフィの心が折れるほど、何かしたんだろうな。

早速現れたダンテさん達は、いきなり土下座し出してしまった。シルフ、ウィンディーネ、ドリュアスが呆れたように言う。

「いつまでも頭を下げてちゃ話も出来ないじゃない」

「そうよ。それに私達が偉そうにしているみたいよね」

「ふふっ、楽にしてもいいのですよ」

ダンテさんがガチガチになりながら声を発する。

「は、はい。大精霊様にお会い出来て。光栄の極《きわ》みでございます」

「…………」

一方、ダンテさんの横のダーフィは石像にでもなったのかというように固まっていた。これじゃ埒が明かないので、僕はソフィアに相談する。

「ソフィア、ミーミル様に来てもらう？」

「そうですね。ミーミル様にシルフ様達との緩衝材《かんしょうざい》になっていただければ、父上や母上も少しは気が楽になるかもしれませんね」

その後、ダンテさん達をなんとか屋敷の中へ連れていき、御者《ぎょしゃ》を務めていた人と侍女の二人は、それぞれの部屋で休んでもらう。

その間、ソフィアにミーミル様を呼びに行ってもらったんだけど――

結果、ダンテさん達の緊張が増しただけだったな。

そういえばミーミル様って、ユグル王国の王女だったよ。自国の王女と同席なんて緊張するのも当たり前か。

4 結婚式 その2

防壁と堀に囲まれた、聖域の出島に足を踏み入れたロマリア王族達が、一様に目を見開く。

「……ドレッド、以前視察に来た時とは、まったく様子が違うな」

「……そ、そうですな」

「陛下、あれが滞在する場所なのですね？ とても素敵な建物ではないですか」

ロマリア王と宰相のドレッドが、以前行われた三ヶ国での視察時にはなかった、隔離された土地と宿泊施設を見て驚く。王妃は純粋に嬉しそうにしていた。

なお、隔離された場所だという事で、招待された王族や貴族達は、身の回りの世話をする侍女や護衛の騎士を連れてくるのを許されている。

タクミやドワーフ達によって細かな部分までこだわって作られた宿泊施設は、王族といえど溜息を吐《つ》くほど見事だった。

「陛下、このソファーの座り心地……素晴らしいですわ。購入出来ないか聞いていただけません？」

「ふむ……確かに座り心地が抜群であるな」

豪華な室内にチェックインして寛《くつろ》ぐロマリア王と王妃は、その部屋の調度品の数々に見惚《みと》れ、ソファーやベッドの質の高さに驚いていた。

◆

ロマリア王達が聖域の宿泊施設に到着した次の日、バーキラ王国の王族、ボルトン辺境伯、ロックフォード伯爵が聖域に到着した。

「……おいおい、サイモン。聖域には、こんな豪華な宿泊施設があったのか？」

「……いえ、私が以前視察に来た時にはなかったはずです」

「陛下、素晴らしい建物ですわね。建物自体もですが、建物を飾る彫刻や装飾も王城よりも上じゃないかしら」

馬車を降りたバーキラ王と宰相のサイモンが驚き、王妃は建物の素晴らしさに目を輝かせて喜んでいる。

続いて、ボルトン辺境伯とロックフォード伯爵の一行が宿泊施設に入る。ロックフォード伯爵の娘エミリアと、その母親であるローズ夫人が黄色い声を上げる。

「きゃー！　お母さま！　猫さんです！　猫さんがいます！」

「まあ！　何てかわいい！」

「ローズもエミリアも落ち着きなさい！」

ロックフォード伯爵は、はしゃぐ二人を叱《しか》りつける。

ローズ夫人とエミリアの視線の先にいたのは、宿泊施設のスタッフとして働いているケットシーだった。

「猫人族ではないですよね？」

「そうね。ほとんど猫ちゃんですものね」

「はぁ。ローズ、エミリア、あの子達はケットシー族だ。この大陸ではほとんど見る事が出来ない、稀少な種族なんだよ」

ロックフォード伯爵がそう言うと、ボルトン辺境伯も感心したように口にする。

「流石は聖域という事か。稀少な種族がいても不思議ではないのだろうな」

チェックインを済ませて、それぞれの部屋に案内されるボルトン辺境伯とロックフォード伯爵一行。

彼らは、自分達の屋敷よりも豪華な部屋に、驚くよりも呆れるのだった。

◆

せっかくの豪華な部屋に、落ち着かない者もいた。

「なぁ、マーサ。本当に俺達がこんな部屋に泊まってもいいのか？」

「タクミちゃんが案内してくれたんだから大丈夫だよ。食事もルームサービスなら、レストランでお偉いさんに会わなくて済むって言ってただろう」

ボード村のバンガとマーサである。

二人は迎えに来たタクミに聖域へ連れてこられ、宿泊施設の部屋にチェックインしたところだった。

王族や貴族用の部屋よりもグレードは低いのだが、それでも王都やボルトンの高級宿よりも豪華である。

ボード村から出た事のない二人には、何から何まで初めての体験だ。トイレやお風呂の使用方法は、タクミから説明された。

二人は座り心地のよすぎるソファーに座り、高級な茶葉の紅茶を飲み、気持ちを落ち着かせようと頑張っていた。

◆

バーキラ王国でも有数の商会となった、パペック商会のパペックとトーマスは、豪華な部屋にも流石に萎縮《いしゅく》する事はなかった。

だが、それでも初めて見るゴシック様式の建物や芸術的な彫刻や装飾には、目を奪われていた。

「……トーマス、我が商会で扱えませんかね？」

「……見事な調度品や彫刻ですね。イルマ様だけではなく、ドワーフの名工が関わっているのではないでしょうか」

「……タクミ様はお忙しいから無理でしょうね。いや、少しくらいなら……ですが、我が商会のために無理は言えませんね……」

パペックは建物、彫刻、調度品を食い入るように見ながらぶつぶつと独り言を言い、ウロウロと宿泊施設の中を歩き回る。

「会頭、落ち着いてください。今回は、イルマ様の結婚式が目的です。その手のお話は後日にしてください」

「むっ、むぅ～、それもそうか。仕方ないな」

トーマスに諫《いさ》められ、渋々自分達の部屋に引き揚げるパペック。

商魂逞《たくま》しい彼が、結婚式が終わったあと、タクミに商談を持ちかけたのは言うまでないだろう。

5 結婚式 その3

大聖堂に、招待客と聖域の住人が一様に揃っている。彼らは、主役の登場を今か今かと待っていた。

彼らは皆、大聖堂の外観に圧倒されたあと建物内に足を踏み入れ、ステンドグラスに囲まれた荘《そう》厳《ごん》な内観に更に圧倒されていた。

バーキラ王国の王妃が王にねだる。

「……陛下、王都の教会もお願い出来ないかしら？」

「い、いや、費用が……」

これほどの教会を建てようとすると、その費用はとんでもない事になる。実際には、タクミが石材や木材などを元に魔法で錬成したのでお金はかかっていない。しかし、普通に作れば簡単には頷けない額になるだろう。

その後、招待客達がそれぞれの席に着く。

大聖堂には、多種多様な種族が勢揃いしている。

ボルトン辺境伯とロックフォード伯爵が声を潜《ひそ》めて話す。

「ボルトン卿、あれは魔族ではないのか?」

「ロックフォード卿、向こうには白い翼のある種族もいるぞ」

魔大陸からの招待客であるフラール女王、有翼人族のバルカンとバルザックの姿があった。

ちなみに、稀少種族である人魚族も出席している。だが、人化している状態では人族と見分けがつかない。

出席者でなくても、ヴァイオリンなどの楽器の演奏者としてエルフや獣人族がおり、この空間には、この世界に存在するあらゆる種族が揃っていた。

◇

大聖堂の祭壇《さいだん》の前に、僕、タクミは緊張しながら立っている。

この日のためにカエデが仕立ててくれた一張羅《いっちょうら》のスーツに身を包み、一段高くなった所でソフィア、マリア、マーニが入場するのを待っている。

周囲を見渡すと、ボルトン辺境伯、ロックフォード伯爵とその家族、バーキラ国王も本人が出席しているのが確認出来た。

いやそれだけじゃない。ロマリア王の姿もある。

ユグル王国からは国王と王妃、ミーミル王女の姿も見つけた。ミーミル様は聖域ではお隣なので緊張する事はなくなったけど、三ヶ国の王族を見ると緊張で嫌な汗をかくよ。

ふとソフィアの家族が目に入る。

（フリージアさんは嬉しそうだけど、ダーフィはどうしたんだろう？　能面のような固い表情で座ってる……）

結婚の挨拶へ行った時、ちょっとだけ揉めたダーフィ。聖域に来てから大人しいのは、大精霊に心を折られたからかな。

ちなみに僕の背後、祭壇の正面には、女神ノルン様の像が設置されている。

そういえば、ソフィア達のウェディングドレス姿を、まだ見せてもらっていないんだよな。本番でのお楽しみだって言われている。

そんな事を考えていると、突然僕の背後に気配が生まれ、教会の中がどよめきに包まれた。どうやら大精霊達が顕現《けんげん》したようだ。

水の大精霊ウィンディーネ、風の大精霊シルフ、植物の大精霊ドリュアス、土の大精霊ノーム、火の大精霊サラマンダー、光の大精霊セレネー、闇の大精霊ニュクス。七柱の大精霊がズラリと並んで、花嫁が入場するのを待ち受ける。

今日のウィンディーネ達の役割は、神父代わりらしい。

どちらかというと、彼女達は信仰される対象だと思うんだけど、ノルン様の御使《みつか》いだから大丈夫との事……

いや、全然大丈夫じゃなさそうだ。ユグル王国の国王や王妃、宰相が涙を流しながら祈り出した。前回、三ヶ国での聖域の視察の時にバルザ様はウィンディーネには会っているはずだけど……あ～あ～、鼻水まで流してるぞ。

結婚式のお手伝いをしてくれている、聖域に暮らすエルフ達が、跪《ひざまず》くユグル王達を元通りに座らせる。

そんな騒動が落ち着いた頃、聖域の音楽隊によって音楽が奏《かな》でられる。

嗚呼《ああ》、またアカネの仕業《しわざ》だ。聖域の人達が知ってるわけないもの。メンデルスゾーンの「結婚行進曲」だよ。結婚式の入場曲といえばこれってヤツだ。

ついに扉が開けられ、ソフィア、マリア、マーニが現れる。

三人はウェディングドレスに身を包み並んでいた。

ソフィアをエスコートするのは、父親のダンテさん。突然言われたんだろう。ガチガチになっていた。可哀そうに。

マリアのエスコート役は、こちらも急遽《きゅうきょ》頼まれたんだろう、緊張で顔を青くしたパペックさん。

マーニをエスコートするのはドガンボさん。彼は二人とは違って堂々と立っていた。流石、鍛冶と酒にしか興味のないドガンボさんは緊張なんて無縁だ。

三人の花嫁を見た人々が声を漏らす。いつも身近にいる僕がポォ～としてしまうくらい、三人は綺麗だった。

ソフィア、マリア、マーニが赤い絨毯の上へ一歩を踏み出す。

ソフィアのウェディングドレスはプリンセスラインというやつだ。正統派のデザインの華やかなドレスで、ソフィアによく似合っている。

マリアはミニスカートのウェディングドレスを着ていた。とても可愛くて明るく元気なマリアにピッタリだ。

そしてマーニはマーメイドラインという、上半身から腰までがピッタリとフィットして、スカートの裾《すそ》が魚の尾びれのように広がっている、大人っぽいデザインのドレス。女性らしい曲線が強調されていて、マーニのダイナマイトボディーを際立てている。

招待客のエルフ達が呆然として見ている。多分、三人の周りを嬉しそうに飛び交う、生まれたばかりの精霊達が見えているからだと思う。

不思議なんだけど、意図したわけじゃないのに、この教会の中は聖域のどの場所よりも女神ノルン様が感じられる、聖なる気が溢れる場所になった。所謂《いわゆる》、強力なパワースポットという感じなんだと思う。

その影響なのか、教会の中ではエルフ以外でも精霊の光を見られるようになった。

精霊達の気分が高揚《こうよう》するのに合わせ、淡い光が明滅《めいめつ》する幻想的な光景が繰り広げられる。教会を包むステンドグラスにも光が躍《おど》る。

音楽が奏でられる中、エスコートしたダンテさん、パペックさん、ドガンボさんから、僕は花嫁を受け取る。

ダンテさん、パペックさん、ドガンボさんが席に戻ると、ウィンディーネが厳《おごそ》かに、それでいて教会の隅々《すみずみ》まで響き渡るように、祝いの言葉を紡《つむ》ぎ始める。

「今日の佳《よ》き日に集まりし者達よ。ここに、精霊樹の守護者にして聖域の管理者タクミと、それを支えるソフィア・フォン・シルフィード、マリア、マーニが婚姻を結んだ事を、我ら大精霊が認める」

この世界の結婚式には、結婚の誓いみたいなものはないのだとか。ウィンディーネが大精霊として結婚を認める＝《イコール》世界に認められるという事らしい。

教会に流れる音楽が、僕が聴いた事のない音楽に変わる。おそらく、この世界の曲をウチの音楽隊とアカネがアレンジしたのだろう。

曲に合わせて、精霊がドンドン集まってくる。そして、広い教会の中を踊るように飛び交い出した。

「タクミ・イルマとソフィア・フォン・シルフィード、マリア、マーニの婚姻は、女神ノルン様の認めるところとなりました」

ウィンディーネがそう言った瞬間、ノルン様の像に光が集まる。

振り返るとそこには、僕をこの世界に送り出してくれた、女神ノルン様の微笑《ほほえ》む姿が見えた気がした。

「「「まあ！」」」

「「おぉ！」」

ウィンディーネやシルフ達大精霊もノルン様の気配を感じたんだろう。小さな声で驚いていた。

◆

私、ボルトン辺境伯は、目の前の光景を見ながら、イルマ殿と出会った時の事を思い出していた。

田舎《いなか》のボート村から、我が街ボルトンへ流れてきた少年、イルマ殿。

一見頼りなさげな彼は、様々な便利な物を発明しては、我が領をあっという間に富ませた。

それだけでなく、数年後には大陸の戦乱を収め、誰も手が出せなかった未開の地に聖域まで作ってしまった。

その少年が結婚するとなれば、平民の結婚式といえど、私が出席するのもおかしな事ではない。

それは、娘の命を救われたロックフォード卿も同じであろう。

それどころか、我が国からは陛下自ら出席なさり、宰相殿も来ている。同盟国のロマリアからも国王と宰相が出席している。エルフの国であるユグル王国も同様だ。

用意された宿泊施設にも驚かされたが、式場には開いた口が塞《ふさ》がらなかった。王都にある創世教会よりもはるかに立派で荘厳な建物だったのだ。

中に入ると、更に驚愕《きょうがく》させられた。

ガラスに絵が描かれているのか？　ガラスなど、平民の家の窓には使えないほど高価なのだが……大精霊と自然の風景が描かれたガラスが、教会を包んでいる。

まるで夢の世界に来たようだ。

正装に身を包んだイルマ殿が女神様の像の前に現れると、その後ろに大精霊様達が顕現された。

それぞれの属性の大精霊が一堂に会し、見た事もない楽器による演奏が始まる。素晴らしい音楽をバックに、三人の花嫁が赤い絨毯の上を歩いていく。

するとどうだろう？　色とりどりの淡い光が飛び交い始めるではないか。嬉しくて仕方ないといった気持ちが伝わってくるようだ。

これは、精霊の光なのか？　エルフ達の反応から、おそらく多くの精霊が教会の中を踊るように飛んでいるのだと思う。

その中を、どんなパーティでも見た事のないほど美しいお三方、純白のドレスに身を包んだエルフのソフィア殿、美しさの中に可憐《かれん》さ溢れるマリア殿、女性らしい美しさを感じさせるマーニ殿が歩む。

エスコートしていた三人が席に戻っていった。

ソフィア殿のお父上と……あれはボルトンで鍛冶をしていたはずのドワーフではないか！　聖域にいたのか。残る一人はパペックか……

大精霊様のお一人が、イルマ殿と三人の花嫁との婚姻を認め、晴れて夫婦となった事を宣言される。

するとと、女神様の像に光が集まり始めたではないか……

いったい何が起こっているのだ。

◇

ノルン様の像に集まった光が、僕、タクミの目の前で、大きな光のノルン様の姿に変化する。

呆然と見つめていると、光のノルン様が微笑んだ気がした。

光のノルン様が両腕を広げると、まるで人々を祝福するように、光が弾けてキラキラと降り注いでいく。

淡い光を放つ精霊が飛び交う空間に、ノルン様の光が舞った。

静まり返る教会の中に、聖域音楽隊の奏でるメロディーが流れる。

「……ノルン様が降臨なされた」

「……ああ、確かにノルン様だった」

ノームとサラマンダーがそう言って呆然としている。大精霊であっても、ノルン様は特別な存在なのだろう。

「……ノルン様のお力を感じるわ」

「……ええ、とても暖かい」

「……タクミのおかげね」

「そうね」

「…………」

ウィンディーネ、シルフ、ドリュアス、セレネー、ニュクスも涙を流して感激している。

招待客の方に目を向けると、皆、膝をついて祈っていた。

「……ノルン様、祝福してくれて嬉しいけど……どうするのこれ」

魔族のフラール女王やリュカさんまで、みんなと同じように涙を流しながら、膝をついて祈っている。有翼人族のバルカンさんやバルザックさんも女神ノルン様を信仰しているんだな。おっさんの涙は引くけど。

バーキラ王国の王様や王妃、ロックフォード伯爵、ローズ夫人やエミリアちゃんも感激の涙を流している。でも、ボルトン辺境伯までが滂沱《ぼうだ》の涙を流しているのを見るのは、ちょっと驚くな。

一番酷い事になっているのは、ユグル王国のエルフが集まる一画だ。

もともとウィンディーネ達大精霊が揃って顕現した瞬間から、エルフだからなのか、他の人達と比べて感激していたみたいだけど……あ～あ～、嗚咽《おえつ》しちゃってるよ。

当然の事ながら、ソフィア、マリア、マーニも、自分達の結婚をノルン様に祝福してもらったので、感激で涙を流している。僕は慌ててハンカチを出して三人に渡す。

何だか僕一人が泣いていないこの状況、疎外感《そがいかん》を覚える。でも仕方がないじゃないか、僕はノルン様に直接お会いしているんだから。やけにノリの軽い女神様の印象があるから、祝福された事は嬉しいけど、感激で涙を流すほどでもないんだよな。

このままだと収拾がつかないので、助けを求めるようにウィンディーネ達の方を見ると、彼女達は落ち着きを取り戻したようだ。

「この結婚を女神様が祝福してくださいました。四人の未来に幸《さち》あらん事を」

ウィンディーネが教会中に通る声で式の終了を告げると、僕、ソフィア、マリア、マーニは音楽隊が奏でる音に送り出されて退出した。


ふぅ～、緊張していたからなのか、教会のホールから出た瞬間、ドッと疲れが出たよ。

「お疲れ様。これからもよろしくね」

僕が労《ねぎら》いの言葉をかけると、ソフィア、マリア、マーニは涙を拭いながら笑顔を見せた。

「幾久《いくひさ》しくお願いします」

「幸せすぎて怖いです」

「これからもお願いします」

さて、まだイベントは終わっていないんだよな。

この後、宿泊施設の宴会用のスペースに移動して、そこで披露宴が行われる事になっている。披露宴といっても食事会に近いものだ。余興《よきょう》やお祝いの言葉なんかはない。

アカネがルルちゃんとやって来る。

「ソフィア、マリア、マーニ、おめでとう。さぁ、披露宴会場へは私達がエスコートするわ」

「さあ、こっちですニャ！」

二人はソフィア達を連れていってしまった。化粧直《けしょうなお》しも必要なんだってさ。まあ、お色直しはしないけどね。

そして僕はといえば、宿泊施設の厨房へと急いでいる。

「新郎が料理のお手伝いって、おかしな話だよなぁ」

思わず独り言が出ちゃうくらいには、腑《ふ》に落ちない。

披露宴の運営は、聖域の住民が協力してくれる事になっている。料理のメニューは、マリアとマーニがアカネと相談して決めたんだけど、何故か新郎の僕が調理のお手伝いをする羽目《はめ》になったんだよな。

というか、「タクミは料理のスキルが高いんだから、使えるものは何でも使うのよ」とアカネに押しつけられたんだ。確かに、僕なら色々時短出来るから効率的ではある。だからといって、納得しているわけじゃないけどね。

広い厨房に飛び込むと、聖域の住民で料理の得意な人達が忙しく働いていた。すぐに料理長のエルフの女性に指示され、早速僕は彼女達の手足となって動き回る事になったんだけど……

どうしてこうなった。

6 披露宴

ノルン様が降臨されるというハプニングはあったものの、何とか無事に結婚式を終え、招待客が宿泊施設に戻っていた。

少しの休憩を挟んで披露宴が開かれる。

厨房の中では、エルフ、獣人族、人族の料理人が動き回り、戦争状態だ。

「えっと、メインはドラゴンステーキのロッシーニ風だったな」

僕は熟成したドラゴンのヒレ肉をアイテムボックスから取り出すと、メイン担当のエルフの男性に渡す。

一人分のサイズに切り分け、ドンドン焼かれていくドラゴンステーキ。焼き上げられたドラゴンステーキは、マジックバッグへと収納されていく。

僕の作ったマジックバッグは、時間が止まる事はないけど、時間遅延効果は付与されているので、焼き上げられたステーキを休ませるのにちょうどいい。

もう一人の人族のスタッフが、ストームバードの肝臓をソテーしていく。このストームバードの肝臓はフォワグラによく似ているんだ。

その間に、僕はソース作りだ。フォンドボーにワインとマデラ酒を入れて煮詰めていく。仕上げにバターを入れてよく混ぜ乳化させると、とろみがいい具合になった。

味を見てみると――

「良し、こんな感じかな」

塩をほんの少し入れて完成させると、仕上げ担当に渡す。

しかし、聖域でマデラ酒まで造ってたなんて、ドワーフ侮《あなど》りがたしだ。

マデラ酒は、ブドウ果汁が酵母《こうぼ》で発酵《はっこう》している途中、蒸留酒を混ぜる事でエタノール濃度を上げて酵母を死滅させ、発酵を強制的に止めて造られる。発酵が途中で止められるので、ブドウ果汁の糖分が残っているために、甘い味わいに仕上がる。

現在の聖域では、赤ワインや白ワイン、シャンパンなどの他、マデラ酒やエール、ウイスキーやブランデーが造られている。ドワーフは当然として、エルフもワインに対する情熱は凄いんだと知った。

前世で友人の結婚式に出席した時、披露宴で出された牛ヒレ肉とフォワグラのロッシーニ風が美味しかったので、僕達の結婚式の披露宴でもメインはコレだと決めてたんだよね。

「あとはお願いします」

「「はい！」」

前菜や魚料理をチェックした僕は、大急ぎで披露宴会場へ向かう。

日本の披露宴みたいに、新郎新婦入場なんてないので、急いで会場へ入り、ソフィア達の横に座った。

それを合図に配膳が始まる。

招待客にシャンパンが注がれていき、ボルトン辺境伯の音頭《おんど》で乾杯のあと、食事が始まった。

◆

披露宴会場のテーブルの一つに、タクミから渡された衣装に身を包んだバンガとマーサが座っていた。同じテーブルにはパペックと商会の番頭トーマス、ボルトンの冒険者ギルドのバラックとハンス、ボルトン辺境伯家の家宰のセルヴスが座っている。

隣のテーブルには、アカネとルル、レーヴァやカエデや聖域の住民代表が座る。

その近くには、ベールクト達有翼人族とフラール女王とその従者リュカ、それとここにも聖域に暮らす稀少種族の代表が座っていた。

「アンタ、見てごらんよ。黄金色に輝いて透き通ってるよ」

「あ、ああ、小さな泡がシュワシュワしてやがる」

マーサとバンガが、シャンパングラスに注がれた黄金色に輝く液体を見て戸惑っている。隣に座るパペックが、あたふたする二人に声をかける。

「バンガさん、マーサさん、それはスパークリングワインといって、ワインの一種ですよ」

「へぇ〜、流石パペック商会の会頭だな。何でもよく知ってるぜ」

「ははは、何て事ありませんよ。実は極少量ですが、我が商会でも取引させていただいてますので、知っていて当然なのです」

もう少し量を扱いたいのですが、とパペックが苦笑いする。

聖域で造られる酒類は、どれも絶品だと大陸中から引き合いがあり、パペック商会とはいえ、まとまった量を仕入れる事は出来ていない。

テーブルの上には色鮮やかな前菜の盛り合わせがあり、招待客の目と舌を楽しませていた。王族や貴族、国でも有数の商会の会頭であろうと変わらず、供《きょう》される料理に舌鼓《したつづみ》を打ち、白ワインの美味しさに感嘆の声を漏らしている。

パペックがトーマスに尋ねる。

「トーマス、この料理のレシピを手に入れる事は可能でしょうかね？」

「……そうですな。旦那様とイルマ殿との縁もありますし、大丈夫だとは思いますが」

「そうだな。聖域の外の人々にも美味しい料理を食べてもらいたいとお願いしてみよう。しかし料理の出来もさる事ながら、提供の仕方も興味深い」

タクミは一皿ずつ料理を出していたが、そのフレンチのコース料理のようなスタイルが、この世界では一般的ではない事を知らなかった。この世界では、一度に大量の料理を大皿で提供するのが普通なのだ。

「料理に合わせてお酒を変えるというのも素晴らしいな」

「はい、大皿で提供された料理を取り分けるのもいいですが、このように一品一品ゆっくり味わっていくというのもいいですな」

パペックとトーマスの前のお皿は、魚料理に変わった。

西の海で人魚族が漁をして獲った新鮮な魚介類を活かした料理は、内陸の街や村に住む者が夢中になるのは無理からぬ事だった。

◇

披露宴に出席した人々のもとに、メインのお皿が配られる。

「こっ、これは！」

「何という料理でしょう。このような天上の一皿を頂けるなんて……」

「お父様！　美味しいです！」

ボルトン辺境伯、ロックフォード伯爵がその味に驚き、ローズ夫人は表情を蕩《とろ》けさせる。エミリア嬢も夢中でお皿に向かった。他の王族達の反応も上々だ。

メインで出された、ドラゴンヒレ肉ステーキとストームバードのフォアグラのソテー、ロッシーニ風は、招待客達の度肝《どぎも》を抜くには十分だったみたいだ。

霜降《しもふ》りの牛肉よりも、ドラゴンの肉がはるかに美味しいなんて……

僕もこの世界に来てから色々な魔物を食べたけど、一番はドラゴンの肉だな。だいたいあのオークの肉が、豚や猪《いのしし》の肉よりも美味しいんだから。

ソフィア、マリア、マーニが料理を絶賛する。

「タクミ様、凄く美味しいです」

「あとで作り方教えてくださいね」

「旦那様、私も同じ味が出せるように頑張ります」

「う、うん、あとでね」

ウェディングドレスを着ているので、あまり料理を食べるのは無理かなと考えていたけど、ウチの女性陣は思いのほか逞しいらしく、出されたお皿は全て平《たい》らげていた。

僕達のテーブルの近くでは、ウィンディーネ達大精霊も楽しそうに飲み食いしている。

「……ふぅ、濃厚な肉料理には、聖域産の赤ワインがピッタリじゃのう」

「本当ね、料理の美味しさを引き立てているわ」

「さっきまでの白ワインも美味しかったけど、この赤ワインも絶品ね」

わいわいとワインを飲みながらメイン料理を食べるウィンディーネ達。ノームはドワーフ達と醸造したワインの出来に満足げだ。

本当はウィンディーネやノーム達大精霊とは、日を改めて宴会をしたかったんだけど、そんな僕の気遣いが通じるわけもなく――

結果、ユグル王国から来たエルフ達がガチガチに緊張しているのがわかる。

(はぁ～、あれじゃ料理の味もわからないだろうなぁ)

国王などは、緊張を紛《まぎ》らわせるためなのか、お酒を飲むペースが速い速い。ミーミル様と王妃様が時々止めているけど……潰れそうだな。

時間がある程度経つと、披露宴会場の雰囲気は和《なご》やかになった。

緊張でガチガチだったユグル国王は酔っ払って、バルザ宰相とバカ話するまでになっていた。それを王妃様とミーミル様が冷たい目で見ているのは……忘れよう。

ボード村のバンガさんとマーサさんが馴染《なじ》めるか心配だったけど、パペックさんとトーマスさんに加え、カエデとアカネがフォローしてくれたおかげで、楽しんでくれているみたいだ。

そういえば、残念ながら「獅子の牙」のメンバーは、スケジュールが合わなくて来ていない。後日食事会でも開こうと思う。

冒険者ギルドの二人は、肝が据わっているのか、普通に食事とお酒を楽しんでくれている。

意外にも緊張が抜けていないのは、有翼人族の長《おさ》二人。バルカンさんとバルザックさんは、多くの種族に囲まれて、何処か居心地が悪そうだ。

それとは対照的に、初めて会う種族が多かろうが少なかろうがまったく平気で、食事を平らげてはお酒を浴びるように飲んでいるのは、魔大陸から招いたフラール女王とリュカさん。魔族という事で周りの視線を集めているんだけど、全然気にしていないのは流石だ。

フラール女王も一応結婚式という事で、いつものサキュバス特有の衣装は着ていない。イブニングドレスのような感じの物を着ているが、扇情的《せんじょうてき》なのは変わらないな。多くの男の人の目を引きつけている。

披露宴に、聖域の住民全てを招待出来ないというのもあって、聖域中で僕らの結婚を祝う宴会が開かれている。なので、今日は聖域中がお祭り騒ぎなのだ。

おっ、そろそろデザートだ。

聖域の美味しい果物をふんだんに使ったフルーツタルトが切り分けられ、招待客のもとに配られていく。

女性陣は、そのカラフルな見た目だけで魅了されたようで、目をキラキラ輝かせている。

そもそもこの世界で甘味といえば、ボソボソとしたクッキーみたいな物くらいしかなかった。

だけど聖域では、僕とアカネの影響もあって、プリン、パンケーキ、クレープ、アイスクリーム、フルーツタルトなどの洋菓子から、みたらし団子《だんご》、お汁粉《しるこ》、羊羹《ようかん》などの和菓子も食べられるのだ。

「これよ、これ、フルーツタルトは最高ね」

「私は生クリームを使ったイチゴのケーキも好きだけどね」

「プリンがないのが残念ね」

ウィンディーネ、シルフ、ドリュアスが美味しそうにフルーツタルトを食べている。

「フルーツタルトにアイスクリームを載せられないかしら」

「……アンコ載せたい」

セレネーはアイスクリームが大好物だからな。ニュクス、フルーツタルトにアンコは合わないと思うぞ。

大精霊の女性陣がデザートを食べる横で、ノームとサラマンダーは手酌酒《てじゃくざけ》を飲んでいた。頼むから大精霊が手酌はやめてほしい。

前世の、イベント盛りだくさんの結婚披露宴を知っている僕からしたら、ただの飲み会にしか見えないけど、まあこれはこれで楽しいからいいか。

7　新婚旅行はどうしよう

様々な食材を使った料理で招待客をもてなした披露宴が終わった。招待客はこのままここで一泊してから聖域を発つという。

ちなみに、せっかくだからと、帰りがけに三ヶ国会議がバロルで行われるらしい。

ボード村から招待しているバンガさんとマーサさんは、カエデが聖域を案内して回るって楽しみにしている。

バンガさんとマーサさんなら、聖域に何日いても何も問題ない。むしろ移住してきてほしいくらいだ。

現在では、聖域の北にある森と西の草原には、野生の動物が多く棲むようになっている。バンガさんでは、聖域の外に出て魔物を獲物とするのは難しいだろうけど、聖域の中だけなら十分猟師としてやっていけると思うしね。

そして翌日。

流石に、結婚式から披露宴と気疲れした僕達は、ソファーでまったりと……したかったんだけど、現在我が家にはソフィアのお義父《とう》さんお義母《かあ》さんと義弟が滞在しているので、あまりだらしない様子は見せられない。

「……えっと、大丈夫なんですか？」

「気にしなくてもいいのよ、タクミちゃん。大精霊様に説教していただける機会なんてないんだから」

僕にとってお義母さんとなったフリージアさんに、気になっていた事を聞いたけど、まったく問題ないと言われた。

何の話かというと、結婚式から披露宴に出席したあと、部屋に閉じ籠もってしまったダーフィの事だ。彼は魂が抜けたように、そう、昔のボクシング漫画であったみたいに、燃え尽きて真っ白になっていたのだ。

どうやら、大精霊達に叱られたみたいだな。

「えっと、ダンテさんも、何だか大人しくなってますし……」

僕が挨拶した時からずっと機嫌が悪かったダンテさんなんだけど、彼も結婚式のあととても大人しくなっている。

「タクミ様、それは私が話しましょう」

すると僕の対面、フリージアさんの横に座っていたソフィアが理由を教えてくれた。

ダンテさんもダーフィと同じように説教をくらったようだ。エルフと特に結びつきの強い、風の大精霊シルフと水の大精霊ウィンディーネからの説教に、ダンテさんはガチ凹《へこ》み中のようだ。

「聖域を作ったタクミ様は、大精霊様達にとっても恩人のような存在。そのタクミ様を睨《にら》みつけるように見ていたところ、シルフ様に見つかったらしく……」

「そんな事で？」

あまりに些細《ささい》な理由なので、逆に僕が申し訳なくなる。

「いいのよ、ほっといて」

「ですよねぇー、アレは引いちゃいますよねぇー！」

フリージアさんの言葉に、アカネが調子よく頷いている。

しかしフリージアさん、ダンテさんにきつく当たっている気がするな。あと、フリージアさんとアカネがやけに馴染んでいる。まあ、仲良くなるのはいい事だと思うけど。

「はぁ……」

アカネが唐突に聞いてくる。

「話は変わるけど、タクミ達は新婚旅行なんて行かないの？」

「いや、新婚旅行なんて風習はないよ」

「え？　そうなの？」

隣の町や村に行くのでも命懸《いのちが》けのこの世界では、新婚旅行なんてないのだ。そもそも旅行を楽しむという概念自体がない。だからこの世界で自由に旅をするのは、実力のある冒険者という事になる。

僕が簡単に説明してあげると、アカネが納得したように頷く。

「そうなんだ。新婚旅行ってないんだね」

「でも楽しそうですね、新婚旅行！　私達なら旅も平気ですし」

アカネが新婚旅行の話をするから、マリアが喰いついてきた。確かに僕達なら何処へでも旅行出来るだろうね。

でも、問題がないわけじゃない。

「行くとしたら、何処へ行けばいいんだろうな」

僕がそう口にすると、マリアとソフィアが表情を曇《くも》らせる。

「うっ、そうですよね。私達、結構色々と行ってますもんね……」

「この大陸だけじゃなく魔大陸まで行った事がありますからね。そんな冒険者は一握りだと思いますよ」

そうなんだよね。僕達がこの大陸で行った事のない場所ってなると、トリアリア王国と……ノムストル王国くらいか。

「そういえば、ノムストル王国ってまだ行った事がなかったね」

僕はそれとなく、ノムストル王国を候補に挙げてみる。

「あっ、本当ですね。聖域にはドワーフが多いのに、忘れていました」

「仕方ないと思います。聖域とノムストル王国では、大陸の西の端と東の端ですから」

マリアとソフィアは、ノムストル王国へ行くという案には賛成みたいだった。

これまでサマンドール王国までは何度か行った事があったけど、更にその先のノムストル王国には不思議と行く機会がなかったんだよな。

聖域には、ボルトンの街からの付き合いのドガンボさんや、ノムストル王国で神匠《かみしょう》と呼ばれていたゴランさんまで暮らしているのに。

僕は思いきって提案してみる。

「バンガさんとマーサさんをボード村に送らないといけないし、準備もあるからすぐには無理だけど、みんなでノムストル王国に行ってみようか」

すると、アカネが声を上げる。

「えっ⁉　みんななの？」

「うん。どうせなら、みんなで行きたいかな」

僕がそう言うと、マリア、ソフィア、マーニが反応する。

「そうですよね。みんなが一緒の方が楽しいですもんね」

「ええ、私達だけが旅行に行くのは気が引けます」

「私も皆さんと一緒の方がいいと思います」

三人も不満はないみたいだ。

もともと新婚旅行なんて風習のない世界だから、新婚の夫婦だけで旅行するって意識はないんだろう。冒険者でもなければ、旅をするには必ず護衛を雇うのが常識なのだから。

「ま、まあ、あなた達がいいって言うなら、私からは何もないわよ」

そうは言いながらも、アカネも嬉しそうだ。そりゃあ、留守番よりもずっといいだろうしね。

こうして、僕達の新婚旅行計画が動き始めた。

◆

タクミ達が新婚旅行の計画を立てている頃、聖域で行われた結婚式と披露宴の衝撃が、招待客に広がっていた。

挙式の時に顕現した大精霊達を見て、彼らは改めて聖域とタクミの関係の深さを感じ取った。

そして何より、創世の女神ノルンの降臨である。

タクミは大精霊だけでなく、女神からも祝福されるほどの人物だったのかと、各国首脳は頭を抱えた。

また、会場となった大聖堂も問題だった。見た事もない荘厳な外観に、中に入ると更に人々の目を引きつける色とりどりのステンドグラス。

この世界にも、簡素なステンドグラスは存在しているが、あのレベルに及ぶはずもなかった。

三ヶ国の王と宰相が一ヶ所に集まる機会もないという事で、三ヶ国の首脳会議となったのだが――

「あれは創世教の関係者には見せられんな」

「考えただけでもゾッとする」

「……移住出来んじゃろうか」

バーキラ王とロマリア王は、タクミが創世教に与える影響力の大きさに怯えていた。一方、ユグル王は現実逃避し移住まで考えている。そんな王に宰相のバルザは冷たい目を向ける。

バーキラ王とロマリア王が懸念するように、創世教の関係者が聖域の教会を見れば、欲しがるだろうと推測された。

本来、創世教の教会は簡素な作りの建物がほとんどだ。それは教義として、豪華な教会を建てるより、人を救うというスタンスだからなのだが……

王達に続いて、宰相達が話し込む。

「豪華というよりも荘厳な雰囲気で、女神様の教会に相応《ふさわ》しい建物に見えましたからな」

「外観も素晴らしいものだったが、中のステンドグラスが格別だ。あれが知られたら、王都の教会に是非にと言われるぞ」

ロマリア王国の宰相ドレッドと、バーキラ王国の宰相サイモンが教会施設について話していると、ユグル王国の宰相バルザが疑問を口にする。

「建物だけではないですぞ。ステンドグラスに描かれた大精霊様達と女神ノルン様の姿、それと女神ノルン様の像の完成度……大精霊様達はご本人方が聖域におられるので、ステンドグラスに描かれた物の完成度が高いのはわかるんじゃが、ノルン様の御姿《みすがた》がそっくりである説明がつかん」

あの時、光が像に集まって女神ノルンが降臨した。

その女神の姿は、教会のステンドグラスに描かれた物、そして正面に祀《まつ》られている像とそっくりだった。

宰相バルザが頭を抱えながら言う。

「儂は、我が国の創世教の教会はもちろん、バーキラ王国、ロマリア王国、サマンドール王国の教会にあるノルン様の像や絵を見ておる。だが、そのどれも聖域にあった女神様の像や絵とは違ったものじゃった」

「……確かに、我が国やロマリアの教会にある女神像とは違ったな」

「……では何か？　聖域の像やステンドグラスを作った者は、女神様の御姿を知っていたという事か？」

サイモンに続いて、ドレッドが推測を口にする。

バルザが頷きつつ言う。

「まあ、あの教会のステンドグラスや像を大精霊様が作ったのなら、女神様の御姿を正確に写しても不思議ではないが……」

「「………」」

バルザの言葉に、サイモンとドレッドは黙り込む。

宰相達の話を聞いていた三人の王達はわかっていた。誰が教会を作ったのか、またその人物が女神様と何らかの関係がある事も。

王達が再び話を戻す。

「トリアリアとの戦争とシドニア神皇国復興で金がないぞ」

「それはウチも同じだ。経済は上向きだが、シドニアは思った以上に負担になっているからな」

「我が国はシドニアとは距離的に遠い故、金銭的な援助だけじゃが、それでも楽ではない」

どの国も、大聖堂のような施設を建てる金はなかった。

創世教は、宗教組織として驚くほど真っ当な組織なので、孤児院の運営費や貧困層の救済などに費用を回しており、余分な金などない。

「格安で建ててくれんかのぅ」

「流石に教会の建物は値切れんだろう」

「国の面子《めんつ》が立たんからな」

三人の王の溜息が重なる。

「「「はぁ……」」」

何処の国もここのところの好景気で財務状況はよくなっているが、それ以上にトリアリアとの戦争やシドニア神皇国崩壊という負の遺産が足を引っ張っていた。

結局、タクミに教会の建設を格安で請け負ってもらえるのか確認する事になり、ミーミルを通じて話を聞いてもらおうとなったのだった。


早速、ユグル王がミーミルに尋ねると――

「えっ、タクミ様ですか？　皆様で旅行に出掛けられましたよ。私もご一緒したかったのですが、流石に止められました」

「…………」

こうして王達は、何がなんでも聖域に建てられた教会の情報は秘匿《ひとく》しようと決めたのだった。

8　新婚旅行？

何だかおかしな話になってきた。

僕、タクミは目の前の状況に頭を抱える。

アカネが一緒に来るつもりになって、その従者ポジションのルルちゃんがセットなのはわかる。

そうなると、レーヴァだけ留守番っていうのも可哀そうだ。

カエデは僕の従魔だから、ついてくるのは問題ない。

だけど……ドガンボさんとゴランさんが、新婚旅行のルートの相談をしているのは何故だろう。

話は、僕がノムストル王国の事を聞こうと、ドガンボさんとゴランさんに声をかけた時にさかのぼる。

◇

バンガさんとマーサさんをボード村に送るついでに、新婚旅行に出発しようとみんなで話していたんだけど、そこで移動手段の話になった。

「ウラノスは使えないよね」

「高高度《こうこうど》を飛べば大丈夫だと思いますよ」

「ボード村までは、どうせツバキが引く馬車でしょう。流石にずっと馬車は時間がかかりすぎると思うわよ」

ソフィアとしてはウラノスはありで、アカネは馬車旅は避けたいとの事。待てよ、転移っていう方法もあるか。

「シドニア神皇国の首都だった場所までなら、転移出来ない事もないよ」

「タクミ様、今のシドニアには、復興のために各国から人がたくさん入っているので、バレると厄《やっ》介《かい》です」

「人数が多いから目立つか」

途中まで転移で行ければ楽だと思ったんだけど、ソフィアに止められた。そもそも目立たないように、コソコソするっていうのは新婚旅行じゃないね。

「それに、転移で行って帰ってじゃ旅行っぽくないでしょう」

「まあ、確かに……」

アカネの言う事ももっともだ。効率なんて考え出したら、旅行じゃなくてただの移動だよな。

「聖域と魔大陸や天空島の移動ならゲートやウラノスで問題ないでしょうが、この大陸の中を移動する場合、私達の痕跡がどうしても残るでしょう。昨日聖域にいた私達が、次の日に遠く離れた国にいた事がバレると……」

「特別な移動手段を持っているってバレバレだよね」

面倒な話だけど、転移魔法やゲートは極力秘密にしておきたい。そんなわけで結局、陸路で行く事を決めた。それで、ノムストル王国までのルートをどうしようか、ドガンボさんとゴランさんに相談したんだけど――

「おお！　儂らの祖国へ行くんか？　ノムストル王国は良い国じゃぞ」

「……うむ、ちょうどいいな」

「？　ちょうどいい？」

ドガンボさんはノムストル王国を出てから何十年も帰っていないそうだけど、ゴランさんは最近まで国にいたから、ノムストル王国の内情に詳しいようだ。

でも、ゴランさんから返ってきたのは「ちょうどいい」というちょっと変な反応だった。

どういう意味なのかわからないでいると、ゴランさんはニヤッと笑い、バンバンと僕の肩を叩いてくる。

「ガッハッハッ！　良いタイミングじゃタクミ！　儂も一緒に行くぞ！」

「えっ!?　ど、どういう事ですか？」

突然、同行すると言い出すゴランさん。

「一度戻って、嫁や子供、孫に会いたいと思っていたんじゃ」

「ええっ！　奥さんや子供がいたんですか！」

「そりゃおるじゃろう。いつまでも独り身のドガンボと一緒にするなよ」

「ゴランの兄貴、儂は好きで一人でいるんじゃ。まあ、それはどうでもええ。タクミ、儂も一緒に行くぞ。久しぶりに里帰りして、知り合いや親に顔を見せたいからの」

「い、いや、あの……」

僕の新婚旅行、二人の帰郷に利用されてるんだけど。

ゴランさんが奥さんや子供を残して聖域に来ていた事も驚きだけど、ドガンボさんのご両親も健在なんだね。流石ドワーフ。長寿種族なだけの事はある。

ともかくそんなわけで、ゴランさんとドガンボさんが、僕らの新婚旅行に同行する事が決まった。

僕はふと思いついて尋ねる。

「ところで酒造りとかは大丈夫なんですか？」

聖域では主に酒造りをしているゴランさん。一方、ドガンボさんは聖域の住民のために鍛冶仕事をしている。二人が長期的にいなくなっても大丈夫なのかな。そう心配して尋ねてみたんだけど、ゴランさんは自慢でもするように答える。

「何も問題はないぞ。今や酒造りを主導しているのは、ノーム様とサラマンダー様じゃからな。儂は蒸留酒部門のリーダーなだけじゃ。ワイン部門のリーダーは、エルフのボードウィルじゃからな。儂一人しばらく抜けても、代わりはいくらでもおるんじゃ」

「ノーム、サラマンダーって……」

ウィンディーネやシルフ達と比べてあまり姿を見せないと思ったら……酒造所に入り浸りだったのか。

「儂の仕事も少しくらいの間なら、代わってくれる奴はいるからの」

ドガンボさんの方も全然問題ないみたい。まあ、そうだよね。ドワーフ、知らないうちに増えてるもんね。

ルートを相談するはずが、同行者が増える羽目になったな。

今更だけど、これって新婚旅行だよね。

◇

新婚旅行の行き先がノムストル王国に決まり、何故かゴランさんとドガンボさんまで同行する事になった。

そんなこんなで色々あったけど、とにかくノムストル王国までのルートを決めた僕達は、旅行の準備を始める。普通の馬の何倍も速いツバキが引く馬車での移動とはいえ、大陸の端から端への移動なので、しっかりとした準備が必要だ。

まあ、食料はいつも多めにアイテムボックスの中に収納してあるし、ソフィア達が持つマジックバッグの中にも入っているんだけど。

「ゴランの兄貴、酒は持っていくんだろ？」

「うむ、それは決まっておるが……あまり持っていっても問題になりそうじゃ」

「ああ、確かに……いっその事なしにするか」

ゴランさんとドガンボさんが相談しているのは、ノムストル王国にお土産《みやげ》として持ち帰るお酒の事。あまりにも深刻そうなんだけど、どうしてだろう。

「何が問題なの？」

「何が問題かだと？　大問題じゃないか！」

「そうじゃぞタクミ！　下手すると国が崩壊しかねんのじゃぞ！」

何気なく聞いた僕に、二人は凄い勢いで詰め寄って説教してくる。

解《げ》せん。

「タクミ、お主は聖域以外で酒を飲んだ事はあるか？」

「うーん、どうだったかな。あまり記憶にないかな」

ドガンボさんから聞かれた事の意味がイマイチわからないな。

僕は十五歳の身体でこの世界に送られたから、ボード村で宴会した時もお酒は遠慮していた。この世界では成人扱いでも、日本じゃ未成年だからね。その後も、何度かはワインを口にしたかなぁと思うくらいしか、お酒は飲んだ事がない。

「タクミの飲んだ酒といえば、聖域産のワインやエールがほとんどじゃろう？」

「うん、そうかな。聖域のワインやエールは美味しいよね」

日本でもそんなに飲まなかった僕でもわかるくらいに、聖域産のワインやエールは美味しいと思う。

「タクミよ。ドガンボが言いたいのは、聖域産の酒は特別という事じゃ。こんな旨《うま》い酒は、大陸中を探しても見つからんじゃろう。まあ当然じゃな。儂らが真剣に造っているのもあるが、それ以上にこの土地の恩恵は計りしれん」

「そうじゃ。先《ま》ず原料となる物の素材の出来が違う。それはワインの原料となる葡萄《ぶどう》だけじゃない。エールやウイスキーの原料の大麦もじゃ。聖域で育つ全ての作物はとにかく特別なんじゃ」

「うん、確かに作物自体が美味しいよね」

聖域にある果樹園の果物はとても美味しい。

「精霊の泉の湧き水と、大精霊様達の加護のあるこの土地で造られる酒は、天上の味といっても過言ではないのじゃ」

この聖域で育つ作物がどれも絶品なのは、聖域に暮らす者なら誰でも知っている事だ。当然、それを原料に造られたお酒は特別美味しいんだろう。僕はイマイチよくわからないけど。

だけど、それが今更どうしたんだろう。帰省のお土産の話から脱線しているような気がするんだけど……

「まだわからんか！　聖域産の酒なんぞ持っていって飲ませた日にゃ、ノムストル王国中のドワーフが聖域に押し寄せかねん！」

「大精霊様といえど、全部のドワーフは受け入れられんじゃろう。そうなれば、聖域の外で争いが起きるのじゃ」

何かもうね。何言ってるんだろうか、この二人は。

そう思ってしまったのが顔に出ていたのか、ゴランさんとドガンボさんが真剣な表情で訴えてくる。

「タクミ、お主はドワーフが酒に懸ける情熱を軽く見ておる」

「そうじゃ。儂らは大袈裟《おおげさ》に言うておるわけじゃないぞ」

「……えっと、お酒のお土産はなしの方向で」

そんなに脅《おど》されたら、そう言うしかないよね。

「うむ、それが無難《ぶなん》じゃのう」

「くれぐれも、ノムストル王国では聖域の酒の話はするんじゃないぞ」

「わ、わかったよ」

ドワーフ恐るべし。

でもよく考えたら、ゴランさんなんて大陸の東の端にあるノムストル王国から、美味しい酒が飲めるかもしれないっていう勘だけで、はるばる聖域まで旅してきたんだもんな。そして、そんなドワーフが聖域には何人もいる……

お土産のお酒はなしになったんだけど、ゴランさんとドガンボさんから、自分達が飲む分のお酒を、僕のアイテムボックスに入れておいてくれと言われた。自分達は飲むんじゃん！

「当たり前じゃろう。もう、よその酒で満足出来るわけないからの」

心の中で突っ込んだつもりだったけど、口から漏れてたみたい。何を当たり前の事を、ってドガンボさんに言われた。

まあ、どうせ僕達の分のお酒も何故か大量にアイテムボックスの中に入っているんだけどね。本当に何故か大量に……

9 バンガさんとマーサさんの決断

アイテムボックスにドガンボさんとゴランさんのお酒を保管しつつ、新婚旅行の準備をしていた時、カエデがいつものように元気に部屋に入ってきた。

「マスター！　お願いがあるのー！」

聖域に滞在していたバンガさんとマーサさんが僕に話があるらしい。カエデの案内で、リビングにバンガさんとマーサさんがやって来る。

バンガさんは、急に真面目な顔になって話し始めた。

「なぁタクミ、頼みがあるんだがよ……」

「どうしたんですか？　改まっちゃて？」

「いや、今日、カエデちゃんに聖域を案内してもらったんだけどな。えっと、そのな……」

「ああ、焦《じ》れったいね。私が頼むよ。タクミちゃん、私と亭主の二人をここで住まわせちゃくれないかい？」

「えっ⁉　ボード村から引っ越すんですか？」

言いづらそうにするバンガさんに痺《しび》れを切らしたマーサさんが話してくれたのは、僕が叶ったらいいなと思っていた事だった。

「僕は、お二人が聖域で暮らすなら大歓迎ですが、ボード村は大丈夫なんですか？」

僕がそう問うと、バンガさんは丁寧に説明してくれた。

これまでバンガさんはボード村で専業の猟師をしていたが、今のボード村は人口も増え、冒険者ギルドの出張所まであるので、バンガさんがいなくても大丈夫なんだそうだ。それに、下の息子さんが一人前の猟師になったので、この機会に家を譲ろうと思ったらしい。

「俺もボード村は好きだから、死ぬまであの村で暮らすんだろうと思ってたんだがよ。マーサと二人でこんな場所で暮らすのも良いかなぁって思っちまったんだよ」

「カエデちゃんに色々と案内してもらってね。可愛い猫ちゃん達や子供達がいるじゃない。親のいないあの子達の世話をして暮らすのも楽しいと思ったのよ」

ああ、聖域の子供達に会ったんだな。

ミリとララにはマッボさんとポポロさんっていう両親がいるけど、猫人族のワッパとサラ、人族のコレットとシロナには親がいない。

まだ正式に決まったわけじゃないけど、あの子達が育っていくうえで、バンガさんやマーサさんの存在は、絶対にプラスになると思う。

「息子さん達が問題ないのなら、僕はバンガさんとマーサさんが移住するのは大歓迎です！　一度ボード村まで送りますよ。それで、村のみんなと息子さんに話してきてからですかね」

「そうか。そりゃいきなりいなくなったらまずいわな」

「そうね。私もお別れを言いたい奥さん達がいるもの」

こうして、一旦二人をボード村まで送って、村のみんなに話してもらう事になった。その後、最低限の荷物を持って、聖域まで再び僕が連れてくるって感じかな。

聖域での住居は、マッボさん達が住む区画に用意しようと思う。そうと決まれば、新婚旅行の出発を何日か延ばしてもらおう。


早速、リビングにソフィア達を呼ぶ。

「……という事なんだけど」

「ええ、私もバンガさんとマーサさんなら歓迎します」

「うん。私も、タクミ様がお世話になったバンガさんとマーサさんなら大歓迎だよ」

「私も、旦那様が決めた事に反対はありません。歓迎します、バンガさん、マーサさん」

ソフィア、マリア、マーニの賛成を得られた。旅行のスケジュールを少し変更する事も許してもらえた。

すると、アカネが提案してくる。

「ねぇ、タクミ。バンガさんとマーサさんは、もう聖域の住民みたいなもんでしょ。ボード村までは転移で行って帰ってでオーケーじゃない？」

「……それも、そうなのか？」

バンガさんとマーサさんには、僕が転移魔法が使える事はいずれバレるだろうし、新婚旅行の前に何日も出発が延びるよりは時間短縮した方がいいか。

「？　転移ってなんだ？」

「行って帰って？」

バンガさんとマーサさんは戸惑っている。

設置型のゲートはもちろん、転移魔法もこの世界では伝説級の魔法なんだよね。辺境の村で生きてきたバンガさんとマーサさんには、何を言っているのかわからなかったんだろうけど。

「じゃあ、大人数だと目立つから、カエデだけを連れていくよ」

「それがいいわね。私達は準備で忙しいから」

何がそんなに忙しいのかわからないけど、女性の旅は荷物が多くなるんだろうね。クローゼットの服が余裕で全部入るマジックバッグを持たせてるから、悩む必要ないと思うんだけどな。

「じゃあマスター！　行こう！」

「ああ、行こうか」

カエデが僕の背中にしがみついて急《せ》かしてくる。訳がわからないといった様子のバンガさんとマーサさんを連れて、ボード村に転移した。

◇

景色が変わり、ボード村の門が遠くに見える位置に転移してきた。

「なっ！　こ、ここはボード村か！」

「ええっ！　どういう事！」

聖域の住民になるバンガさんとマーサさんには、僕が転移魔法を使える事を教えておく。その際、聖域の住民以外には内緒だという事も。

「……あ、ああ、確かに言えねぇわな」

「そうね。バレたらいいように使われそうね」

バーキラ王国の国王は多分大丈夫だとは思うけど、悪い貴族とかだと利益を優先するかもしれないからね。

「まあ、聖域には他にも色々と秘密にしないといけない事もありますけど、まあそれは追い追い……」

「マスター！　早く行こう！」

「わかったわかった」

カエデに急かされ、僕達は門へ歩き出す。

門を通るついでに、両脇に仁王立ちしている警備用ゴーレムを軽くチェックする。門番として立っていた村人が話しかけてくる。

「おや、バンガさんとマーサさんじゃないか。帰ってきたんだな。それに、タクミとカエデちゃん！　二人を送ってきてくれたのか」

「ご苦労様です。通ってもいいですか？」

「ああ、ボード村へお帰りなさい」

何だか「お帰りなさい」と言われた事に嬉しくなる。やっぱりこの村は、僕にとって大切な場所だと改めて思った。

村に入ると、バンガさんとマーサさんが戻ってきたのを聞きつけた村人達が集まってきた。その中には、仕事で結婚式に来られなかった鍛冶師のボボンさんもいた。

みんな、聖域の話が聞きたくて仕方がないみたい。それでなんか盛り上がってしまって、そのまま宴会に突入する事に。


「なに！　引っ越すのか！」

ボボンさんがびっくりして大声を上げると、バンガさんとマーサさんが説明する。

「ああ、息子も二人とも独り立ちした事だし、今は猟師が減ったところで村も困らないからな」

「のんびりと畑を耕したり、猟《たがや》をしたりして暮らそうと思ったのよ」

その後、二人は聖域に引っ越す事になった経緯を丁寧に説明していった。村の人達はそれで納得したようで、宴会は送別会に移行する。

「そうか、寂しくなるな……なに、息子達の事は任せておけ。お前達もたまには顔を見せるんじゃろう？」

ボボンさんはそう言われ、笑みを浮かべて頷くバンガさんとマーサさん。

ボボンさん、ちょっと寂しそうだった。

そこへ、僕らから離れた所から楽しそうな声が聞こえてくる。

「カエデちゃん、カエデちゃん、こんな糸は出せない？」

「簡単だよー！」

「ねえ、ねえ！　私はこんな糸が欲しいんだけど？」

「そんなのすぐだよー！」

カエデが奥様方に囲まれ、糸をおねだりされている。まあ、カエデもその分色々もらっているみたいだし、負担にもなっていないからいいか。

宴会後、僕とカエデは村で暮らしていた小屋で泊まる事にした。

小屋はかつてのままで、少し埃《ほこり》が溜まっている程度だった。

掃除をして、今日は早く寝ようとベッドに入る。すると、カエデが僕のベッドに潜り込んできたので、久しぶりにカエデと一緒のベッドで眠った。


次の朝早く、朝食を済ませてバンガさんの家に行く。

二人は既に荷物の整理を済ませていたようで、家の前には大きなカバンや猟師道具を詰めた木箱などが並んでいた。

「おはようございます」

「ああ、おはようタクミ」

「おはよう、タクミちゃん。こんなに荷物が多いけど大丈夫かしら」

バンガさんとマーサさんと朝の挨拶を済ませた僕は、心配そうにするマーサさんにマジックバッグを一つ渡した。

「荷物はそのマジックバッグに入れてください。向こうの家で荷物の整理をする時にも便利ですよ」

「おお、凄《すげ》えな。マジックバッグなんて初めて見たぜ」

「じゃあ、ありがたく借りるわね」

バンガさんとマーサさんが荷物をマジックバッグに収納していく。そこに、この家を継ぐ息子のガンボさんが奥から顔を見せる。

「親父とお袋の事、よろしく頼むよ」

「はい。時々ボード村に戻ってきますから安心してください」

ガンボさんと握手で別れの挨拶をする。ガンボさんも家の主人となり、一人前の猟師としてバンガさんに認められた事が嬉しいらしい。

村の門で盛大に見送られ、僕達はボード村をあとにした。

村の人達がいつまでも手を振っているので、予定外に長く歩く羽目になった。これは仕方ないと諦めよう。

人通りがなくなり、人の目のない事を確認すると、僕はバンガさんとマーサさんを連れて聖域に転移した。

10　今度こそ出発！

バンガさんとマーサさんの家を用意したあと、近所に住む人達に紹介した。

皆、バンガさんとマーサさんの人柄のよさをすぐに感じ取ったのか、思ったよりも早く馴染みそうで一安心だ。

バンガさんは、北にある森の入り口辺りや聖域西部に広がる草原で狩りをするって言っていた。

念のため、シルフとドリュアスにバンガさんを見てあげてほしいと頼んであるので、もしもの事があっても大丈夫だろう。

これで心置きなく新婚旅行に行けるな。

僕は、屋敷の前まで見送りに来てくれたウィンディーネ、シルフ、ドリュアス、セレネー、ニュクスに向かって言う。

「それじゃあ、何かあったら連絡してくれるかな」

「ええ、聖域の事は私達に任せなさい。大精霊が揃っているんだから、タクミの力が必要になる事もあまりないと思うけど、定期的に戻ってくれると嬉しいわ」

「了解、ウィンディーネ。何日かごとに戻ってくるよ」

あまり言われないから忘れそうになるけど、一応僕は精霊樹の守護者で聖域の管理者らしいからね。

「まあ、タクミがいなくても、何かがあるわけじゃないんだけどね」

「ないのかよ……まあ、聖域の事は心配だし、顔出すよ」

ウィンディーネから冷たく言われても、バンガさんとマーサさんも移住して慣れるまで気になるし、たまに様子を見に来るけどね。

ツバキの引く馬車に乗り込み、見送りのみんなに声をかけて出発する。

先ずは、ウェッジフォートを目指す。そこからロマリア王国を横断して、ノムストル王国へと向かう。

ロマリア王国とノムストル王国の間にそびえるロドム山脈は、シドニア神皇国に近い場所に峡谷《きょうこく》となっている所があるから、そこを抜けていく予定だ。

聖域を出て走り出す馬車。

陸路ならのんびりかなと思っていたけど、そんなの大ウソだ。ツバキが張りきって走るものだから、爆速馬車と化している。ドガンボさん達が魔改造し続けているこの馬車じゃなければ、走っている最中にバラバラに分解しそうだ。

聖域とウェッジフォート間は行き交う馬車も少ないからいいけど、ロマリア王国内では気を付けないと危ないな。


その後、ウェッジフォートを抜けてから、ツバキは幾分スピードを落としてくれた。

しかし、異様な竜馬《りゅうば》が街道を駆けているので、すれ違う商隊や冒険者の顔は驚愕に染まっていた。

まあ、ツバキとその背に乗るカエデは、そんな目を気にする事なくご機嫌なようだけど。

馬車の中では、女性陣がお茶を飲みながらおしゃべりを楽しんでいた。アカネが僕に話しかけてくる。

「ロマリア王国の王都まではノンストップなの？」

「うん。泊まるのはロマリアの王都だね。王都なら色々なお店があるでしょ。ソフィアやマリア達も買い物したいだろうし」

そこへ、ドガンボさんが声をかけてくる。

「タクミよ。ロマリアの王都に着いたら、もう少し馬車を弄《いじ》らねえか？」

まだ改良する場所なんてあったかな。

「何処を触りたいんですか？」

「室内は好みの問題があるだろうが、空間拡張が付与されてスペースは十分だから触るトコはねぇ。でも、足回りはもう少し弄れるんじゃねぇかと思ってよ」

ドガンボさんに続いてゴランさんも話に乗ってくる。

「ふむ、確かにこの馬車の足回りは、他の馬車なんぞとは比べ物にならない性能を持っとるが、まだ改良の余地もあるな」

この馬車は、魔物からの攻撃に対する防御は万全だと思う。乗り心地に関してもサスペンションを導入してあるので、他の馬車と比べて悪くない。ただ、サスペンションやダンパーの性能の向上や、魔法的なアプローチは可能かもしれないな。

僕が思案していると、更にゴランさんが言う。

「ウラノスのメンテナンスをしたかったんじゃが、ロマリアでは無理だろうのう」

「ゴランの兄貴よ。流石にロマリアにウラノスは見せられんじゃろう。ノムストルに着いてからでいいじゃろう」

「えっ？　ノムストル王国なら大丈夫なの？」

ノムストル王国でもヤバいんじゃないかな。僕が疑問を口に出すと、ドガンボさんが力強く答える。

「ノムストル王国はドワーフの国じゃ。他人の作った作品を盗んだり、盗作したりする心配はない。まあ、色々と質問責めには遭うだろうがの。尊敬される事はあっても、破壊されたり、取り上げられたりする心配はないぞ」

「まあ、ウラノスの製造にはゴランさんや他のドワーフの親方達にも手伝ってもらっているし、ドワーフの人達の気質なら大丈夫か」

それはさておき、馬車の改造に手を出したら、ノムストル王国へと出発するのがますます延びてしまいそうな気がするんだけどな。

11　これは本当に新婚旅行？

ロマリア王国の王都に到着した僕達は、王都でも最高グレードの宿屋に宿泊した。

お金はいっぱいあるから、少しくらいは贅沢していいよね。

部屋割りは、僕とソフィア、マリア、マーニで一部屋。アカネ、ルルちゃん、レーヴァ、カエデで一部屋。ドガンボさんとゴランさんで一部屋だった。

そして翌朝。

一番広い僕らの部屋で、ルームサービスの朝食を食べながら今日の予定を話し合う。せっかくの旅行なので、それぞれにしたい事や行きたい所もあるかもしれないからね。

アカネ、ルルちゃん、レーヴァが言う。

「私とルルとレーヴァは、買い物に行ってくるわ。やっぱり王都だけあって、最新の流行のファッションを見ておかないとね」

「ルルは甘い物が食べたいニャ」

「レーヴァは、魔導具屋を見てみたいのであります」

それぞれ行きたい場所は違うようだけど、買い物に行くのは間違いないようだね。すると、カエデが声を上げる。

「じゃあー！　カエデも美味しい屋台を探すのー！」

カエデも食べ歩きがしたいらしい。

でも、ここは聖域やボルトンじゃないので、従魔とはいえ魔物であるカエデを一人で街に行かせるわけにはいかないんだよね。

僕はアカネの方を見て告げる。

「えっと、お願い出来るかな？」

「まあ、三人も四人も一緒だからいいわよ」

アカネはそう答えると、早速カエデ達を連れて出ていった。

僕はソフィア達に視線を向ける。

「さて、僕達も王都を散策する？」

「申し訳ありませんタクミ様。マリアとマーニさんで、生地を買いに行こうと思っているのですが……」

「下着用の生地だから、タクミ様には完成するまでナイショです」

「旦那様。お疲れだと思いますので、今日はゆっくりと休んでください」

「……あ、そ、そうなんだ」

仲良く出掛けていくソフィア達の後ろ姿を見送る僕。

新婚旅行だよね。僕を一人にする？　そう思っていると、ドガンボさんとゴランさんがやって来た。

「行くぞタクミ！」

「ほら！　ちゃっちゃとせんか！」

「え、何？」

部屋に入ってくるなり僕を急かせる二人。どういう事か聞いてみると——

「今日のタクミは儂達と馬車の改造と、タイタンから頼まれたボディの改良だ」

「へっ？　馬車の改造はともかく、タイタンのボディを改良するの？　いつの間にそんな話になっていたの？」

タイタンにとってマスターである僕じゃなくて、全然関係ないドガンボさんとゴランさんが先にその話をするってどういう事なの？

「前からタイタンに相談されておったんじゃ。大型の竜種とぶつかっても押し負けんようになりたいとな。儂らに相談したのは、最近のタクミが忙しすぎたからじゃろう」

「まあ、確かにここ最近は忙しい自覚はあったけど……」

そういう事なら仕方ないのかな。

「でも、竜種とがっぷり四つで組んで勝たなくてもいいんじゃないかな」

「まあ、そこはアイツの矜持《きょうじ》ってもんがあるんだろう」

「そこで儂らは、爪先《つまさき》と踵《かかと》に竜の爪のようなヤツを出し入れ出来る仕組みを提案したんじゃ。タイタンもその方向で了解しておる」

タイタンが望むなら構わないけど、もう方向性も決まっているのね。

「と、いう事で、タクミは儂らと聖域の工房で作業じゃ。なに、夕方まではソフィア達には時間をもらっておる」

「さぁ、早く聖域の工房へ転移せんか」

「なっ⁉　いつの間に！」

ゴランさんから、ソフィア達から許可も得られている事を告げられ、ドガンボさんからはサッサとしろと急かされる始末だ。


それからしばらく経った。間もなく夕方になろうとしている。

僕、タクミの目の前にいるのは、暑苦しいドワーフのオヤジ二人。楽しそうにあーでもないこーでもないと言い合いながら、馬車を改造している。

大事な事だから何度も言うけど、新婚旅行だよね。

馬車に夢中なオヤジ達はさておき、僕はタイタンの足を弄っている。飛び出す爪をアダマンタイト合金で作り、本人の意見を聞きながら微調整をすると――

『マスター、モウシワケ、アリマセン』

「いや、要望があれば言ってくれた方が嬉しいから大丈夫だよ」

ゴーレムに気を遣わせる僕って。

◆

タクミが工房で汗みずくになっている頃、ロマリア王国の王都にある高級宿を出たアカネ達は、

ウィンドウショッピングを楽しんでいた。

「やっぱり国が違うと随分と雰囲気が違うわね」

「そうですニャ。バーキラの王都ともシドニアとも違うですニャ」

「そういえばお二人は、シドニアで暮らしていたのでありますな」

「クンクン、あっちからいい匂いがするー」

アカネ、ルル、レーヴァに続いて、カエデがキョロキョロしながらついていく。

ちなみに日頃の魔物狩りで得たお金は、パーティの運用資金を除いて均等割りでもらっている。

更にレーヴァはタクミの仕事を手伝った分のお金をもらっているので、下手な貴族よりもお金を持っていた。

「聖域にいると、あんまりお金を使う事もないのよね」

「聖域のお店は安いですニャ」

「服も下着も、自分達で作っているでありますからな」

聖域にも食料品、日用品、お酒、衣服などを扱うお店はあるが、手持ちのお金が減るよりも貯まっていく方が多いのだ。

「あっ、次はあのお店行かない？」

「ルルはお菓子を買いたいですニャ」

「レーヴァは魔導具が見たいであります」

「カエデはお肉が食べたい！」

それぞれバラバラの希望を言いながらも、楽しそうに王都を散策するアカネ達だった。

一方その頃、ソフィア、マリア、マーニの三人はただ道を歩くだけで、周囲の視線を引きつけていた。

美男美女が多いエルフの中でも、群を抜いて美しいソフィア。可憐な愛らしさの中に大人の色気を漂わせるマリア。男を魅了する愛玩《あいがん》種族の兎人族であり、メリハリのあるプロポーションを誇るマーニ。

そんな三人なのだから、注目を集めてしまうのは仕方のない事だろう。ただしそうなると、良からぬ事を考える輩《やから》も出てくるわけで――

「なぁなぁ、お姉ちゃん達。俺達と遊ぼうぜぇ～」

「ヒャヒャヒャ」

「俺達はCランクの冒険者なんだぜ」

それなりの装備に身を包んだ三人の男が、ソフィア達に声をかけた。

すると、巻き込まれるのを怖れて周りから人が逃げていく。彼らはこれまでにも、トラブルを何度も繰り返しているのだ。

ソフィア達は男達に見向きもせず、通り過ぎようとする。

「オイオイ、ちょっと待てよ！」

「俺達が遊んでやるって言ってんだろうが！」

男達が、去ろうとするソフィアの前に回り込む。

「はぁ……何かゴミ虫が前を塞いでいるわね」

「ソフィアさん、それはゴミ虫さんに悪いですよ。コイツらは生ゴミですよ」

「フフッ、マリアは上手い事言いますね」

ソフィアとマリアの会話を聞き、男達は激昂《げきこう》する。

「なっ⁉　何だとぉ！」

「下手《したて》に出てりゃつけあがりやがって‼」

「テメェら！　こうなったら、散々遊んでやったあとで、売り飛ばしてやるよぉ！」

男達はそれぞれ武器に手をかけた。それはソフィア達を脅すだけの目的だった。いくらバカな男達でも、街中で武器を振り回すのが犯罪なのは知っているのだ。

だがそうだとしても、ソフィアは看過《かんか》出来なかった。男達をクズだと断定した彼女は、濃密な殺気を放つ。

「「ヒッ！　ヒィィィィ‼」」

男達の悲鳴がその場に響く。

男達はガクガクと膝を震わせ、歯をガチガチと鳴らした。ソフィアからは氷点下の視線が突き刺さり続ける。

次の瞬間、ソフィアの姿が掻き消える。

「「ゲェフゥゥゥ!!」」

気付くと、男達は地面を這っていた。

何の事はない。ソフィアが手加減した一撃を鎧越しに当てただけだ。ただステータスに隔絶《かくぜつ》した差があるため、男達にはソフィアが消えたようにしか見えなかった。

「行きましょうか」

「そうですね。色々とデザインの参考に出来そうなのも見つかりましたし」

「そうね。旦那様は夕方には戻るはずですから、お茶でもどうですか?」

何事もなかったかのように会話するソフィア、マリア、マーニの三人。

「あ、私はフルーツケーキも食べたいです!」

「ふむ、喉も渇いたし、お茶を飲んで帰ろうか」

マリアの提案にソフィアがそう応えると、彼女達はカフェに向かっていく。ソフィア達を遠巻きに眺めていた野次馬達は、決して絡まぬようにしようと誓うのだった。

◇

ロマリア王国の王都を散策し損《そこ》ねた僕、タクミ。対して女性陣は、それぞれにとても満喫出来たようだ。

ツバキが引く馬車はロマリアの王都を出発し、一路西へと街道を走っている。

ドガンボさんとゴランさんによる魔改造で、更に高速で安定した走行が可能となったのだけど、流石に街道を爆走するのは憚《はばか》られるよね。

僕は、みんなに向かって尋ねる。

「王都はどうだった？」

「まあ、バーキラ王国の王都とさほど変わらないわよ」

「屋台の料理は、バーキラ王国の方が美味しいニャ」

「魔導具も少し遅れていたであります」

「カエデはいっぱい食べたよー！」

アカネチームは色々と楽しんだようだね。ソフィア達の方はどうかな。

「私達は色々とレースや糸を買いました」

「生地はやっぱりカエデちゃんの布地が一番だもんね」

「デザインは参考になるモノもありましたね」

こっちの方も楽しめたみたいだ。

ソフィア達の話では、僕がパペック商会に売ったデザインの下着が、ロマリアでも流行していたらしい。色々な生地で作られた下着を売るお店が何軒もあったそうだ。

パペックさん、儲けてるんだろうな。

◇

それは、街道を常識はずれのスピードで進んでいた時、ツバキの背にいたカエデが真っ先に見つけた。

「マスター、前方で戦っているみたいー！」

カエデがそう言ってすぐ、僕にも察知する事が出来た。

「馬車が襲われているね。でも、魔物じゃないな」

前方で走る馬車を、多くの馬が取り囲んでいる。

「急ごう！」

『了解です。マスター！』

僕が指示すると、ツバキが念話で応えた。

遠ざかるように逃げていく馬車に追いつくのは、普通なら難しいだろうが、僕達なら話は別だ。

ツバキの引く馬車なら、あっという間に追いつく事が出来るのだ。

ツバキが張りきり、速度が更に上がる。

街道を巨体の竜馬が爆走する。

12　逃げ惑う……

ここは、ロマリア王国とノムストル王国を繋ぐ主要街道。

それ故、多くの商隊が行き交う重要な街道となっているのだが、近頃、治安の状況が悪くなっていた。

シドニア神皇国の崩壊は、国境を接するロマリア王国とトリアリア王国に多大な影響を与えた。

シドニア崩壊時、バーキラ王国、ロマリア王国、ユグル王国、サマンドール王国の四ヶ国は、その処遇を決める会議の席で分割統治を選択しなかった。

それは、どの国も明らかにお荷物になる土地を抱えたくないという思惑があったからなのだが……

結局、シドニアはロマリア王国の属国となる事で決着した。

そしてその余波が、今まさに、このロマリアとノムストル王国を結ぶ主要街道に及んでいた。行き場をなくしたシドニアの神殿騎士や兵士が、盗賊団を結成して活動し始めたのだ。

◆

「もっと速く走らせろ！　追いつかれるぞ！」

「これが限界です！」

「泣き言を言うな！　我らの命に代えてもお護りするんだ！」

馬車の外で、護衛の騎士が叫ぶ声が聞こえます。

ここのところ治安の悪化が懸念されていたとはいえ、まさか我が領の近くで大規模な盗賊団の襲撃を受けるなんて……

私の名前は、ロザリー・フォン・アーレンベルク。

ロマリア王国の南西部で大領を治めるアーレンベルク辺境伯家の次女です。

アーレンベルク辺境伯家は、その領地をトリアリア王国とシドニア神皇国に接する、ロマリア王国の盾と言われる武門《ぶもん》の家柄。また隣国のドワーフが治める職人の国、ノムストル王国とも切っても切れない縁があり、定期的に表敬訪問するほどです。

今回も、父上の名代《みょうだい》として私がノムストル王国へと向かっていました。

それで、我がアーレンベルク領を出てしばらく街道を西に走っていると、騎馬の大規模な盗賊団に襲われたのです。

ヒヒィィィン‼

ガタガタッ！

「⁉　なっ！　何が⁉」

大きな衝撃を感じたと思った瞬間、馬車を引く馬が悲鳴を上げて急停止しました。馬が悲鳴とはおかしな話だと思うでしょうが、まさに悲鳴でした。

嗚呼、もうお終いなのでしょう。

盗賊に汚されては、貴族の息女としては生きてはいけません。ならばいっその事、自害した方がいい。

そう思って短刀を握りしめたところ——

あれ？　何も起こらない？

どうした事でしょう？

◆

盗賊団のリーダーは、目的の馬車を見つけてほくそ笑んでいた。

総勢五十人を超えるこの盗賊団は、もともとシドニア神皇国の神殿騎士の集まり。だから、敵国だったロマリア王国で盗賊行為を行う事に抵抗はない。

「ヘッヘッヘッ、情報通りだぜ。娘だけ残して、あとは皆殺しだ！」

「「「オウ‼」」」

武の重鎮《じゅうちん》として名高いアーレンベルク辺境伯は、裏を返せばそれだけ政敵がいるという事。ここを馬車が通るという情報は、ロマリア王国の貴族からもたらされていた。

アーレンベルク辺境伯家の馬車は魔馬が引いていた。魔馬といえど馬車を引きながらでは大して速度は出ない。

腐っても神殿騎士だった盗賊団の中には、優秀な魔法戦士も含まれていた。馬車の車輪に向け、盗賊団から魔法が放たれる。

馬車の片側の車輪が外れ、御者が馬車を急停止させた。

盗賊団がそれを見逃すわけもなく、馬車の周りを包囲する。

（……あとは、二十人程度の護衛の騎士を殺せば終わりだ）

そう考えた盗賊団のリーダーは再びほくそ笑む。

その時――

「⁉」

盗賊団のリーダーは背筋《せすじ》が凍るような感じを覚え、慌てて振り返った。それは、騎士としての直感だった。その身に迫る危機に、身体が敏感に反応したのだ。

「なっ！　何だ……何だアレは……」

彼の視界に映ったのは、街道を爆走して近づいてくる……何か。

咄嗟《とっさ》に理解する事が出来なかった。

巨大な馬のようなモノに引かれた、黒い金属製の馬車。それが怖ろしい速度で駆けてくる。

そこで、男は理解する。

今度は自分達が、逃げ惑う側になったのだと。

13　後片付けが面倒です

車輪が外れて止まった馬車を盗賊達が包囲している。何とか間に合ったな。それにしても全員騎馬の盗賊団なんて聞いた事ないよ。

ツバキが威圧を込めて咆哮《ほうこう》を上げる。

すると盗賊団の騎乗する馬は、驚き棹立《さおだ》ちになるのを通り越し、怯えて立ったまま失神してしまった。

ウンウン、これは都合がいいかな。

カエデがいつの間にかツバキの背からいなくなっている。

それに気付いたのと同時に、あちこちで盗賊達が馬から落ちて動かなくなった。全ての盗賊が馬から落ちて地面に芋虫のように転がるまで、数秒しかかかっていない。

うん、グッジョブだね、カエデ。

◆

巨大な馬？　のようなモノが咆哮を上げる。

「クッ！」

かつて神殿騎士団の部隊長を務めていた俺が、恐怖で動けなくなるとは……部下達の様子を確認しようとするも、首を動かす事すらままならない。

咆哮を上げたのは竜馬か？　そう理解するも、俺の記憶にある竜馬とはまったく違う生き物だった。

威圧感溢れる巨体に、鋭く突き出した長い角、太陽の光を浴びて輝く鱗《うろこ》、そして赤く光る瞳。ただの魔物ではない事はわかった。

わかったとしても、絶望感が増しただけの話だが。

あり得ない竜馬が引くのは、大型の金属製馬車。その中には、その竜馬を御《ぎょ》するデタラメな奴がいるという事だろう。

俺は、恥も外聞もなく配下達に逃走の合図を出そうとするが……

「……か、身体が動かない」

身体の自由が利かず、パニックになる。

配下達も同じなのだろう。呻《うめ》き声とともに、ドサッと落馬する音だけが次々と聞こえてくる。

そして、俺も身体に衝撃を受けた事を自覚する。

ああ、俺も落馬したのか……訳がわからない。

盗賊の行く末は決まっている。それだけの事をしてきたのだから理解もしている。だが、納得出来るわけではない。

ああ、死にたくねぇなぁ……

◇

僕、タクミが馬車から出ると、既に終わったみたいだな。

盗賊達が落馬して芋虫のように地面に転がっていた。カエデが糸で拘束して、更に麻痺《まひ》系の毒を使っている。

「タクミ様、この盗賊達をどうしましょうか？　斬りますか？」

「いや、ソフィアが斬らなくても大丈夫だと思うよ」

新婚旅行中なのに、いつものように僕を護衛するソフィアが、腰の剣を抜く素振りを見せるので慌てて止める。

　すると、襲われていた馬車の護衛に付いていた騎士が近づいてきた。

「危ないところを助けていただき感謝します。私はアーレンベルク辺境伯家の騎士団、第二騎士団隊長を務めさせていただいているロジャーと申します。申し訳ありませんが、貴殿のお名前を聞かせてもらってもよろしいでしょうか」

「ええ、僕はタクミ・イルマと言います。隣にいるのが妻のソフィアです。バーキラ王国のボルトンからノムストル王国への旅の途中で、偶然そちらが襲われているのを見つけたもので、お節介《せっかい》かとも思いましたが、助力させていただきました」

　アーレンベルク辺境伯といえば、ロマリア王国でも重鎮だったと記憶している。助けられたのはいいけど、あまり関わると面倒な事になりそうだな。

　カエデはいつの間にかツバキの背に戻って手を振っている。あとで褒めてあげよう。手を振り返していると、襲われていた馬車から一人の少女とその侍女らしき女性が降りてきた。

　さっきロジャーと名乗った騎士が尋ねてくる。

「イルマ殿、この盗賊達の処遇は如何《いかが》するおつもりですか？」

「そうなんですよね」

　この近くに町でもあれば、そこに連れていくという選択肢もある。けれど、ソフィアがトドメを刺そうとしたように、殺して首だけを冒険者ギルドに提出するのがこの世界の常識なんだよなぁ。

人数も多いし手間を考えるとそれがいいように思うけど……

僕が盗賊達の処遇に悩んでいると、馬車から降りた少女が近づいてくる。

「助けていただきありがとうございます。アーレンベルク辺境伯家の次女、ロザリー・ファン・アーレンベルクと申します」

「ご、ご丁寧にどうも。偶然通りかかっただけですから、どうかお気になさらず」

ロザリー様が降りてきた馬車が目に入る。車輪が壊れたままになっているのに気付いて、僕は自分が乗ってきた馬車に声をかける。

「ドガンボさん！　ゴランさん！　馬車の修理を頼めますか？」

中から二人が出てきた。

「うん？　車輪が壊れたのか」

「この程度、すぐに直せるじゃろう。馬車を持ち上げるのにタイタンを呼んでくれ」

「わかりました」

僕はタイタンを呼び出し、ドガンボさんとゴランさんの手伝いを頼む。

馬車から出てきたドワーフ二人を見て、アーレンベルク辺境伯家の人達が驚いていた。僕がタイタンを呼び出した瞬間には完全に固まってしまった。

そこでふと思いつく。

「……簡易の荷馬車なら、土魔法と錬金術で何とかなりそうだな」

盗賊達を全員殺す事も考えたけど、少し戻ると町があったはず。急ぐ旅でもないので、そこまで連れていく事にした。ツバキが引く馬車の後ろに連結すれば、一時間もかからず町まで行けるだろう。

アーレンベルク辺境伯家の馬車をタイタンが持ち上げ、ドガンボさんとゴランさんが車輪の修理に取りかかっている。

その間に僕は、土と手持ちの木材を材料に錬金術を発動させ、ただ丈夫なだけの荷車を作り上げる。

「錬成！」

マリア、マーニ、レーヴァ、ルルちゃんが馬車から降りてきて、盗賊達を掴んで放り投げて、出来たばかり荷車に積み上げていく。アカネは馬車の中でのんびりお茶を飲んでいた。

「さて、馬はどうしようかな」

『マスター、それはお任せください。私が言い聞かせて連れていきます』

「へぇ、ならツバキに頼もうかな」

『お任せください』

失神から回復した、盗賊達の乗っていた馬の群れは、ツバキが統率して連れていくらしい。なるほど、大人しく従っているね。

「オウ、馬車の車輪は修理したぞ」

『マスター、シュウリ、カンリョウシマシタ』

「ご苦労様」

タイタンが亜空間へと戻り、ドガンボさんとゴランさんは、簡単な仕事だと言って馬車に戻っていった。

さあ、早い事、盗賊達を連れていこう。そう思って馬車に戻ろうとしたところ――

「「お、お待ちください！」」

それまで唖然《あぜん》としていたロザリー様とロジャーさんが、慌てて僕を呼び止めた。

はぁ、面倒だからこのまま解散したかったんだけどなぁ。流石にそうはいかないか。


結局、近くの町までアーレンベルク辺境伯家の人達が同行する事になった。

その町はアーレンベルク辺境伯領になるので、事情説明のためにも同行した方がいいと言われれば嫌とは言えない。

本当は向こうの馬車のスピードに合わせるのが面倒なんだけど我慢だね。

「ごめんねみんな」

「見て見ぬ振りは出来ませんし」

「結局、カエデとツバキが片付けましたもんね」

「良い事をしたのですから」

「まあ、小遣い稼ぎにはなったんじゃない？」

僕が謝ると、ソフィア、マリア、マーニは気にしていないと言い、アカネは五十人を超える盗賊と乗っていた馬を引き取ってもらえば、そこそこのお金になると言ってくれた。

ツバキが引く馬車の後ろに、ゾロゾロと盗賊達が乗っていた馬が続き、その後ろをアーレンベルク辺境伯家の馬車が続く。

ロザリー様もわざわざ引き返す事ないのにね。

◆

「お嬢様、わざわざ引き返してまで、あの者達と同行するわけをお教えください」

馬車の中で、ロザリーの世話を幼い頃から務めてきた侍女メルがロザリーに聞く。若い侍女達も同じ意見のようで頷いている。

「今回の盗賊は、おそらくアーレンベルク辺境伯家を敵視する者の仕業でしょう。当然、証拠はありませんので、抗議する事も、相手の特定も難しいでしょうけどね。まあ、うちに対して面白く思っていない家なんて限られていますが」

「お嬢様は、また襲われるとお思いでしょうか？」

「……ただでさえシドニア神皇国の崩壊の余波で、今日のような事態は増えていますからね。ですが、幸運な事にあの方達は私達と行き先が同じです。少々引き返す事になっても、安全のためには何て事はないでしょう」

今までなら護衛の騎士がいれば、盗賊など近寄りもしなかった。それが、シドニアの神殿騎士や兵士崩れが徒党を組み、盗賊団と化している現状では、騎士が二十人いても心許ない。

かといって、アーレンベルク辺境伯家の騎士も有限だ。トリアリア王国とシドニア神皇国と国境を接するアーレンベルク辺境伯領では、国境付近の防備に力を入れないわけにもいかず、ロザリーの護衛を増やすのも難しかった。

更にロザリーは告げる。

「それに、アーレンベルク辺境伯家の馬車と、イルマ殿の馬車が並んで進めば、良い餌《えさ》になりませんか？」

「つまり、餌となっておびき寄せて討伐してもらうという事でしょうか……しかしお嬢様、イルマ殿の馬車を引く竜馬を見れば、盗賊など近寄りもしないと思いますが」

「竜馬とはいえ、イルマ殿の馬車には護衛もいません。美味しい餌と勘違いするバカな盗賊もいるでしょう」

ツバキが襲われないのは、そのスピードが速すぎて盗賊が襲えないからだった。もしのんびり走っていれば、もっと頻繁に襲撃に遭っていただろう。

事実、タクミ達の力を測る事の出来ない盗賊が、街道を倒木で塞ぎ待ち伏せしていた事があった。

当然の事ながら、ツバキとカエデに蹂躙《じゅうりん》されたが。

「イルマ殿達は、バーキラ王国の冒険者ですが、冒険者ギルドは国を超えた組織だと聞いています。この機会に我が国の治安回復に力を貸していただきましょう」

「まあ、お嬢様……そこまでお考えでしたか。お嬢様が男だったらと、旦那様が常々こぼすわけですね」

「メル、それをお兄様達の耳に入れてはいけませんよ。はぁ、お父様も侍女の前で迂闊《うかつ》な……」

ロザリーが二重の意味で溜息を吐く。

当代のアーレンベルク辺境伯エルビスは、ロザリーの父だが、武勇に優れ、外政内政をそつなくこなすロマリア王国の重鎮に相応しい人物だ。そんなエルビスが愚痴をこぼすのは、ロザリーの二人の兄の事であった。

長男のエンデは、剣の事しか頭にない脳筋《のうきん》。騎士団の一部隊長なら務まるであろうが、とてもじゃないが、ロマリアの盾と言われるアーレンベルク辺境伯家の当主としては足りないものが多すぎる。

一方、次男のジョシュアは兄とは対照的で、剣が不得意で勉強好き。頭脳派といっても、大領のアーレンベルク辺境伯領を治めるほどの器《うつわ》ではなく、黙々と机に向かうのが似合う官僚タイプだった。

それに比べロザリーは、武の才は幼い頃から父から絶賛されるほどで、騎士団の騎士達に交ざって訓練する光景は、アーレンベルクでは珍しくない。政治に関しては、兄妹の中では一番適性を持って生まれてしまった。ただ、女である事だけが彼女のマイナスポイントだった。父親が、男に生まれなかった事を嘆くほどに。

ロザリーは、自分が特別優れているとは思っていない。確かに剣は得意だし好きだ。政《まつりごと》に至っては、適材適所で人を使う事が出来るだけだと思っている。

その、人を上手く使うという能力が、領主に必要な才能だとエルビスは考えているのだが……

当日のうちに町に到着したロザリー達とタクミ達は、盗賊と馬の引き渡しを終えると、その町で一泊する事にしたのだった。

14　仕方なく同行

五十人を超える盗賊団を捕縛して連れてきた事で、町の入り口は大騒ぎになった。

けれど、ロザリー様とその護衛の騎士のおかげで、盗賊の引き渡しはすんなり終わった。馬についても、駆けつけた商業ギルドが喜んで処理してくれた。

一泊した次の朝。

やっぱりというか、ロザリー様達の乗る馬車が、僕達の後ろをついてくる。

「スピードを上げて撒《ま》いたらダメだよね？」

「絶対にダメです。わざわざお願いされたではありませんか」

「そうですよ。一応同盟国の大貴族家のお嬢様ですから断れませんよ」

「断る理由もありませんからね」

僕がボソッと言ったら、ソフィア、マリア、マーニに揃って否定された。いや、僕もわかってるよ。愚痴っただけなんだ。

そう、ロザリー様や護衛の騎士にノムストル王国まで同行をお願いされたんだ。

アーレンベルク辺境伯家では、良質な武具の輸入先であるノムストル王国へは、定期的に訪問し、交流と同時に買いつけをしているのだとか。今回は当主である父親が忙しいため、ロザリー様が代わりに行く事になったらしい。

兄が二人いるそうだけど、こういう他国との折衝《せっしょう》には向かないので、女で次女なのだがロザリー様にお鉢《はち》が回ってくるのだとか。

「ゴランさんは、アーレンベルク辺境伯って知ってますか？」

元ノムストル王国の鍛冶師で神匠と呼ばれたゴランさんなら、武具を大量に購入する客の事も知っているかと思って聞いてみた。

「うん？ アーレンベルク辺境伯か……儂がよく知っておるのは先代じゃな。当代の小僧にも何度か会った記憶はあるな」

「へぇ〜」

ゴランさんの話では、アーレンベルク辺境伯家は敵対国トリアリア王国と、潜在敵国だったシドニア神皇国と長く領土を接しているため、尚武《しょうぶ》の気風の強い家らしい。

「当然そうなると、質の良い武具が大量に必要になるわけだ」

「それでノムストル王国ですか」

「うむ、ロマリア王国やバーキラ王国は種族間差別もあまりない故、ドガンボのようなドワーフの鍛冶師も数は少ないがおる。だが、辺境伯領の騎士や兵士の需要には間に合わんからの」

ノムストル王国は、大陸の各国との武具や道具の交易で成り立つ国だ。アーレンベルク辺境伯はかなりのお得意様だったんだろう。

ドガンボさんが、ゴランさんに尋ねる。

「ゴランの兄貴、確か先代のアーレンベルク辺境伯は剣が得意だったんじゃなかったか？」

「うむ。どちらかといえばそうじゃったのう」

「へぇ、槍じゃないんですね」

戦争になれば、剣よりも間合いの長い槍の方がいいんじゃないかと思ったんだけど、アーレンベルク辺境伯家は、代々剣で有名なのだとか。

「槍を雑兵《ぞうひょう》の武器だと考える古臭い奴らも多いからな」

ゴランさんからそんな話を聞いて、どの世界でも似たようなものだと思った。

槍は、地球でも古代から用いられてきた武器なんだけどね。多分、権威付けしたい貴族にとっては、農民でも使いやすい槍よりも、剣の方がいいんだろう。

「でも、ロザリー様も食えないですね」

「……まあね」

ソフィアがロザリー様を「食えない」と言ったのは、僕達を露払《つゆはら》いにして治安回復を狙っているのがバレバレだからだ。

流石に五十人規模の盗賊団の襲撃には騎士二十人では対応出来ない。今から領地から追加の騎士を派遣してもらうより、僕達にタダで盗賊の駆除させようという事みたいだ。

そして、憎たらしい事に、まんまとその通りになっている。

「そこの馬車止まれぇー！」

ほら、まただ。

「はぁ、今度は僕も手伝おうかな」

「いえ、アカネが退屈なのか、ルルちゃんと飛び出していきましたから、必要ないかと思います」

ソフィアが淡々と教えてくれた。

ロザリー様達の馬車の速度に合わせているため、ツバキが引く馬車の速度もゆっくりとしたものになる。そんなわけで、びっくりするくらいに盗賊が釣れる。

馬車が止まって少しすると――

「あっ、もう終わったみたいですね」

窓から見ていたマリアがドアを開けると、アカネとルルちゃんが戻ってきた。

「後片付けはアーレンベルク辺境伯家の騎士達がしてくれるって」

「……そ、そう」

ゆっくりとした馬車旅に退屈していたメンバーが、代わる代わる盗賊の相手をしているんだよね。

「身分証と金目の物を剥いだら全部埋めたニャ」

「は、はは、そうなんだ」

ルルちゃんが勇《いさ》ましい。

しかし、ツバキを見て襲ってくるってバカなのか？　しかも二十人以上いる盗賊団が多い。どんだけ盗賊がいるんだよ。

何だかロザリー様にいいようになって使われている。

同行なんて断ればよかったかな……まあ、断れなかっただろうけどね。

15　山越え

ロマリア王国とノムストル王国との国境を遮《さえぎ》る山脈、その谷に当たる部分に街道が敷かれている。

これがまた僕の想像を超える道だった。

「……ドワーフ恐るべしだね」

「なに、土を弄らせれば、ドワーフに敵《かな》う者はいないからの」

僕が思わずこぼした呟きに、ゴランさんが誇らしげに応える。

これまで通ってきた、ロマリア王国とノムストル王国を結ぶ街道は、余裕で馬車がすれ違う事が出来るくらい広く整った道だった。

この山越えの道も同様で、だんだんと標高が上がるも、それは変わらない。

そして、今僕の目の前に見えているのは、前世でも見た事がないくらい立派なトンネルだった。

ゴランさんが解説してくれる。

「街道は谷に沿って作られていたが、ここだけはトンネルを掘って真っすぐに道を通してあるんじゃ」

「このトンネル、付与魔法でガチガチに強化されてるね」

トンネルの長さは約10キロメートルあるそうで、中には照明の魔導具が等間隔に並ぶ。しかも高速道路のトンネルにあるような、換気の魔導具まで設置されているのだとか。どんだけハイテクなんだよ。僕以前にも転移者や転生者がいたんじゃないかと疑ってしまうよ。

っていうか、10キロ近いトンネルなんて前世でも数ヶ所しか知らないし、それよりも頑丈なのはファンタジー故なのか。

ロザリー様達は、何度かノムストル王国を訪れているので、このトンネルを見ても驚いた様子はなかった。

更にゴランさんが教えてくれる。

「トンネルを抜けるとノムストル王国だ。とりあえずの目的地の王都までは五日あれば着くと思うぞ」

「僕達だけならもっと早く着くのに……」

「まあ、それは諦めろ。ロマリア、ノムストル間の治安回復が出来て良かったじゃねぇか」

「いや、僕が住んでるのは聖域とバーキラ王国のボルトンですし……」

本来の僕達のペースなら、ゆっくり走っても二日もあれば着くだろう。けれど、トンネルを出たあとも、ロザリー様達と一緒に行かないといけない。

なお、トンネルから先は魔物の危険はないらしい。その理由は、トンネルの入り口をノムストル王国の守備隊が二十四時間交代で警護しているから。

トンネルの入り口の手前は、それこそ谷の地形を生かした砦《とりで》のようになっていて、盗賊団どころか、他国からの侵略にも対応出来るようだ。

実際、大軍を展開出来ないこの土地で、この砦を抜けるのは難しいだろうな。

「ノムストル王国が他国から攻められないのは、武具を供給する職人の国だからという以外にも、この地の利のおかげなんですね」

「まあ、そういう事じゃ。それに、ドワーフは全員が勇敢な戦士じゃからのう」

トンネルの入り口が国境扱いなので、チェックも厳しめなのか、多くの商隊の馬車が並んで入国の手続きを待っている。

当然、巨体の竜馬であるツバキに周囲の視線が集まる。いや、ツバキが引く装甲車のような馬車もじろじろと見られていた。

この馬車、最初に僕が作った時は、魔法金属製のパネル、エルダートレント材とアダマンタイト合金の骨組みからなっていたけど、今では更にパワーアップしている。

アダマンタイト合金製の車輪は太く凶悪で、ボディーには素晴らしい彫金が施されている。その防御力は格段に進化しおり、エンチャントされた魔法と合わせて、この世に二台とない馬車になっていた。

「流石にドワーフだ。普通ならツバキに目がいって馬車を見落とす人が多いけど、この馬車の異常さがわかっているね」

「当たり前じゃろう。ノムストルの王でも、このレベルの馬車は持てんだろう」

なるほど、それは呆然と眺めるわけだ。

色々と面倒な事になるかもしれないと思っていたけど、ゴランさんのおかげでスムーズに通り抜ける事が出来た。

「流石、ゴランさんの顔パスだね」

僕がそう口にすると、ドガンボさんが言う。

「そりゃそうじゃ。ゴランの兄貴は神匠の称号を持っておるからの。同じ神匠の称号を持つのは、ノムストル王だけじゃ」

「ゴランさんって、思ってたよりも凄い人だったんですね」

「ふん、タクミに言われても嫌味《いやみ》にしか聞こえんわ。お前が作ったウラノスやオケアノスはそれだけのモノじゃぞ」

飛空艇ウラノスと魔導戦艦オケアノスは、ドワーフの神匠ゴランさんの目から見ても、おいそれと外には出せないレベルの物らしい。ちなみに、この馬車も王都に入ったらアイテムボックスに収納した方がいいと言われている。目立ちすぎちゃうから仕方ないよね。

魔導具の灯りが照らすトンネルを、僕らの馬車はそれなりに速いペースで進む。いくら10キロのトンネルでも、ツバキの引く馬車なら抜けるのにそれほど時間はかからない。

さぁ、トンネルの先にどんな景色が見えるのか楽しみだな。

16　トンネルを抜けると……

10キロのトンネルを抜けると、ノムストル王国独特の景色が眼下に広がる。

ノムストル王国には多くの鉱山があり、露天掘り出来る場所も多くある。そうした鉱山の周辺に小さな村が生まれ、埋蔵量の多い鉱山周辺に大きな町が形成され、発展してきた。石炭を採掘した跡のボタ山も、ノムストル王国独特の風景になっている。

なお、この世界では石炭はあまり燃料として使われていない。農村や町では薪《たきぎ》が燃料として使われるし、大都市では魔石を使った魔導具が普及しているのだ。

石炭を補助の燃料や製鉄に使うのは、ドワーフくらいだろう。その証拠に、他の国ではコークスの作り方すら知られていない。基本的には木炭を使うのだ。

ドワーフも木炭を使った鍛冶をしなくもないが、それよりも石炭を使うし、更に魔力炉が広く普及している。

「儂らドワーフは、腐っても精霊種じゃ。魔力も人族より多い。魔力炉が普及するのは当然じゃ」

「魔力量の少ない儂でも、人族の鍛冶師に比べればマシな方じゃからな」

ツバキの引く馬車に揺られながら、ゴランさんとドガンボさんから、ノムストル王国の燃料事情を聞いていた。

ちなみに鍛冶で使われる魔力炉は、魔法金属の精錬《せいれん》には不可欠だ。魔法金属の鍛冶が盛んなこの国で魔力炉が主流なのは当然かもしれないな。

逆にいえば、人族の国では魔力炉の数が少ないため、魔法金属製の武具をノムストル王国からの輸入に頼るしかない。例外は僕のような錬金術師だけど、錬金術師自体が稀少な存在だからね。

僕はゴランさんに尋ねる。

「僕らも真っすぐ王都まで行くんですか？」

「アーレンベルク辺境伯のとこのお嬢ちゃんを送り届けにゃいかんからな」

せっかくの新婚旅行なので色々と見て回りたい気もするけど、とりあえずは王都まで行かなきゃダメみたいだ。

「ノムストル王国は、王都でも地方都市でも変わり映えせんわい」

ドガンボさんは、この国に退屈して早くに国を出たからか、祖国なのに辛辣《しんらつ》だ。ゴランさんがニヤニヤしながら話しかけてくる。

「ククッ、ドガンボが祖国にキツく当たるのが不思議か、タクミ」

「はぁ、まあ、少し」

ノムストル王国は鍛冶師や細工師《さいくし》、魔導具師や大工《だいく》などの職人の国だ。徒弟制度が確立されていて、職人の卵は親方や兄弟子の技を見て盗み、技術を磨《みが》くという。

「ただなぁ、ここ最近のノムストルは、年功序列にこだわりすぎる傾向があってな……」

「ああ……」

ドガンボがノムストル王国を嫌うわけ、だいたいわかってしまった。

ゴランさんの話した内容は、僕が想像した通りだった。

ドガンボさんは、神匠ゴランさんをトップとする工房にもともといたらしい。そこでは多くのドワーフ達が、ゴランさんの技を少しでも身に付けようと、日々槌《つち》を振るっていた。

数多くの弟子の中で、魔力量は少ないながらも鍛冶の技術では目を見張るものがあったのが、まだ若かりしドガンボさんだった。

ドガンボさんはすぐにゴランさんに目をかけられるようになり、技術を叩き込まれたそうだ。

「あの頃のゴランの兄貴は厳しかったなぁ」

「生意気《なまいき》だったからのう」

それからゴランさんは遠い目をして、何処か残念そうに口にする。

「要は、腕もない癖に先輩風吹かせる奴らと揉めたんじゃ。儂も工房の責任者として申し訳なく思っておる」

ドガンボさんが軽く首を横に振る。

「なに、儂もまだまだガキじゃったんじゃ。ゴランの兄貴が悪いわけじゃねぇ。国で一番の工房を預かる兄貴に、儂ら若手の面倒を見る余裕はなかったろう」

若く才能あるドガンボさんへの嫌がらせは、日に日に酷くなったという。

そして、新しい技師や考え方の受け入れに消極的な国への反発もあり、外の世界で自由に槌を振るいたいと思ったドガンボさんは、ノムストル王国を出奔《しゅっぽん》した。

「まあ、儂には親兄弟はいなかったからな。強いていえば、ゴランの兄貴が兄弟みたいなもんだ。だから国を出るのにためらいもなかったのじゃ」

ノムストル王国は古い歴史を持っているが、好奇心旺盛なドワーフの国だけあって、常に新しい物や技術を追い求めてきた。それがここ百年ほどは、技術革新を追い求めるよりも、他国に販売する武具をいかに効率よく大量に作るかという方向に変わっていたという。

ドガンボさんが、大陸でもドワーフが自由に暮らせるバーキラ王国、それも辺境で冒険者の街のボルトンへ移り住んだのは、そういう経緯があったのだ。

「ふ～ん、色々あるんだね」

「まあの。歴史がある分、厄介な柵《しがらみ》も多いしのう」

「それを思うと、聖域は天国じゃなあ。ゴランの兄貴」

「その通りじゃ、ドガンボ。何より酒が美味い」

「そうじゃ、そうじゃ！」

結局、お酒に行き着くのかよ。

真面目に聞いて損した気分だよ。

牧歌的な中に、所どころ煙突から煙が立ち上がるこの国らしい風景を見ながら馬車は進む。ノムストル王国の王都はもうすぐだ。

17　王都到着

ノムストル王国の王都に到着した僕達は、ロマリア王国のアーレンベルク辺境伯家のロザリー様と同行するというミッションを終えた。

護衛依頼じゃなく、たまたま目的地が一緒で、たまたま僕達の馬車のあとをついてきていた……という事にしたんだけど、当然建前《たてまえ》だ。

冒険者ギルドを通した護衛依頼にしちゃうと、ロマリア王国のアーレンベルク辺境伯ともなれば、高額の報酬を払う事になる。だけどそうはならず、アーレンベルク辺境伯家に貸しを作る感じになった。

ロザリー様は、僕達にわざと貸しを作らせる事で、僕達との縁を紡いだのだ。

ロマリア王国の辺境伯家なら、僕の事は知っていると考えた方がいいだろう。そのうえで、わざわざ僕に貸しを作ってまで縁を繋ぐなんて、なかなかの策士《さくし》だと思う。

まあ、これは全部ソフィアからの受け売りの意見なんだけどね。元平凡なサラリーマンだった僕に、貴族の考えを理解するなんて無理だから。

ゴランさんお薦めの高級宿にチェックインした僕達は、ソファーに座ってお茶を飲み、長旅の疲れを癒していた。

部屋は、三つのベッドルームにリビングダイニングのあるスイートルームで、みんなで泊まっている。ああ、ドガンボさんとゴランさんは別だけどね。

「さて、せっかくノムストル王国まで来たんだから、色々と見て回りたいんだけど、みんなはどうしたい？」

「武具のお店は見てみたいですね」

「私は珍しい調味料がないか、市場に行ってみたいです」

「私も食材には興味があります」

ソフィアはブレないな。ドワーフ製の武具が見たいらしい。マリアとマーニは、ドワーフの国ならではの調味料や食材に興味があるそうだ。僕も市場は行ってみたい。

「マスター！　カエデは屋台をいっぱい回りたい！」

「ルルも、ルルもニャ！」

カエデとルルちゃんは何処の街でも同じだな。あの二人は食べる事が大好きだ。

「私はドワーフの工房や魔導具屋を見たいであります！」

レーヴァは真面目だなぁ。いつも勉強を欠かさない。チートじみた僕とは違い、ナチュラルな秀才なんだと思う。

あれ、いつもは真っ先に希望を言ってくるアカネが大人しいぞ？　そう思ってアカネを見ると、腕を組んで考え込んでいる。

「全部ね！」

「へっ？」

「だから私は全部を希望するわ！」

「はぁ、要するにみんなの意見に全乗りって事？」

僕が確認するように聞くと、腕を組んだまま偉そうに頷く。偉そうな態度の意味がわからないけど、まあいいか。

「ドワーフの工房で武具も見たいわ。当然、便利な魔導具があればそれもチェックしておきたいわね。金属細工のアクセサリーなんかも見たいし、屋台も巡りたいし、市場も行きたいのよ！」

「……うん、まあ、全員で回ろうか」

初めての国で、国民のほとんどがドワーフという事もあって、全員で一緒に観光した方がトラブルに遭っても安心だろう。

続いて、ドガンボさんとゴランさんの予定を聞くと、ドガンボさんは工房巡りをして、鍛冶師の腕を確認するらしい。

「他人の作品を見るのも修業じゃからな」

確かに、他人の作品を見てインスピレーションを得る事はある。ドガンボさんくらいになれば、目利きも確かだからね。

一方、ゴランさんの方は弟子に会いに行くようだ。

「儂は弟子達の様子を見てこようと思っとる。隠居《いんきょ》した身じゃが、儂が大きくした工房の様子は気になるからのう」

「確か、ゴランさんの工房って、ノムストル王国一の工房でしたよね」

僕がそう問うと、ドガンボさんが言う。

「そりゃあ当たり前じゃろうが。ゴランの兄貴は、ノムストル王国に二人しかおらん神匠の称号を持つ鍛冶師じゃぞ。そんな兄貴のおった工房が小さいわけなかろう」

「仕方ないんじゃ。神匠の称号を授かった者は、後進を育てる義務が発生するからのう」

なお、神匠の称号を持つもう一人が国王というのは前に聞いた。

国王が鍛冶師とは、流石はドワーフの国だ。

その後、僕はゴランさんから、王都の工房の武具を扱っているお薦めの店を教えてもらった。

明日が楽しみだな。

18　王都散策

ノムストル王国の王都は、大陸にある他のどの国とも趣《おもむき》が違う街並みをしていた。

頑丈な石作りの建物が立ち並び、工房が集まる職人街には、そこここに煙が立ち昇る。

大通りには石畳が敷き詰められ、鉱石や魔物素材を運ぶ荷馬車が行き交っている。その大通りの両脇には多くの屋台が雑多《ざった》に並び、強い香辛料の匂いが漂ってくる。

「……カラフルでは……ないね」

僕がそう口にすると、ソフィアとマリアが言う。

「そうですね。石と土の色ばかりですね」

「でも街は綺麗に保たれていますよ」

「浄化の魔導具は不完全だけど、何とか術式を開発出来たみたいだね」

ノムストル王国の王都だけあってどの建物も立派な作りだけど、よく言えば色味が統一されていた。悪く言えばもの凄く地味だ。

もちろん良いところはいっぱいあって、街の清潔さはバーキラ王国と比べても遜色《そんしょく》がなかった。

高い技術力を誇るドワーフの国だけあって、上下水道はもちろん浄化の魔導具や便器が整備されているようだ。

でも、この国で使われている浄化の魔導具は、パペック商会製ではなかったりする。僕が開発した魔導具を輸入して、独自に作ったようだ。

僕のオリジナルにはほど遠いレベルの出来だけど、人族の作った物をそのまま使うのは、ドワーフの矜持《きょうじ》が許さないらしい。

でも僕の浄化の魔導具は、その術式を真似しようと思っても、完璧には出来ないと思うんだよね。術式のコア部分はブラックボックス化してあって、無理やり分解しようとすると消失するようにしてある。

それでもドワーフ達はなんとか作り上げたようで、その技術力は褒めるべきなのか、素直に他人の技術を受け入れないプライドの高さを悲しむべきなのか……


「マスター！　から〜い！」

「ほら、お水飲んで」

屋台で買った串焼き肉を食べたカエデが、その味付けに悲鳴を上げる。

ノムストル王国の王都には、他の国の王都と比べて屋台が目立つ。どの屋台にも共通して言えるのは、香辛料が強く辛い味の料理が多い事。

「ドワーフって、よく飽きませんね」

「本当ね。インドでももっとマシだと思うわよ」

「インドって何処ニャ？」

マリアもこの国の味には馴染めないみたい。アカネも辛い食べ物は苦手だと言っていたしね。それとインドって言っても、ルルちゃんはわからないから。


次にゴランさんに教えてもらった武具屋に来た。

「おお！　流石に武具のレベルは高いな」

「はい、どれも一定のレベル以上の物だと思います」

「……ふ〜〜ん」

ドワーフの国だけあって、数打ちの剣でも一定のレベル以上の品質はあるとわかる。サラリーマンだった僕が、そんな事がわかるようになるなんて、僕も目利きになったものだ。

店の中を興味深げに見て回る僕、ソフィア、レーヴァとは違い、アカネやマーニは退屈そうだった。

「……次は市場に行くから、ちょっと待っててよ」

「別に〜、ゆっくりと見ればぁ〜」

まあ、アカネやマーニが退屈なのも仕方がない。僕が彼女達に与えている武器や防具は、手前味《てまえみ》噌《そ》だけど、ここにある物よりはるかに優れた物だから。今更鉄の剣や胸当てを見ても興味が湧かないよね。

ソフィアは単純に剣が好きだけど、僕やレーヴァは作り手として参考になったり刺激になったりするので、ただの鉄の剣でも見るべきところはたくさんあるんだよな。

ドワーフの親方が作った特殊な武器や防具は、他種族の一見《いちげん》さんには見せられないという事で、暇を持て余したアカネやカエデに引っ張られるように、僕達は大きな市場に来た。

「ねぇねぇ！　あの果物も買ってよ」

「旦那様、あの野菜は初めて見ます。少し買って帰りましょう」

「あっ！　たくさん香辛料もありますよ！」

「アカネ様、アカネ様！　お肉ですニャ！　お肉の塊《かたまり》が売っているニャ！」

武具屋であれだけつまらなそうにしていたアカネが珍しい果物を漁《あさ》るように購入し、マーニは初めて見る野菜を全種類買っていく。ルルちゃんは何の肉かわからない大きな肉の塊にテンションが上がっている。

「今日は魔導具屋は無理かな？」

「明日、私とレーヴァがお伴します」

「……そうでありますな」

今日はもう、魔導具屋へは行けなさそうだと諦めた。

明日、ソフィアとレーヴァが付き合ってくれると言ってくれたけど、明日は明日でアクセサリーのお店とか連れ回される気がするのは僕だけだろうか……

19　工房見学

次の日、ゴランさんとドガンボさんの口利きで、魔導具のお店と鍛冶工房の見学に行ける事になった。

当初、部外者には、しかも人族、エルフ、獣人族には工房は見せられないと言われていた。僕もそれはそうだろうなと思ってたので納得していたんだけどね。

そういうわけで、新婚旅行っぽくないけど、鍛冶工房へ行く。

何処の国の王都も似たようなものだけど、工房が集められたそれだけの区画があった。そこをゴランさんを先頭にぞろぞろと歩く僕達は、非常に目立っていた。

「……何だか、凄く見られているんですけど」

「そうですね。決して好意的な視線ではありませんね……頸《くび》を刎《は》ねますか？」

「本当ですよ。目を潰してしまいましょう」

「いやいやいや、頸は刎ねないからねソフィア。目も潰さないよマリア」

工房しかないこの区画には、ドワーフ以外の種族は歩いていない。だから僕達が目立っているんだし、ドワーフの職人達からすれば、何でここをドワーフ以外が歩いているんだって思うよね。例ねちゃダメだよ。潰してもダメ。

ただ、まったく気にしない子もいる。

向けられる視線が敵意を含むものじゃないからか、カエデはいつも通りにマイペースだ。鼻歌を歌って先頭のゴランさんの横を歩いている。

まあ、あまり魔物に詳しくない者でも、カエデが尋常じゃない存在なのはわかるんだろう。カエデにケンカを売るような視線を送る者はいないかな。

「気にするな。この辺りのドワーフはプライドが高い奴らが多いからな。人族やエルフが職人街に何の用じゃと思っておるだけじゃ」

「プライドばかり高くて鼻持ちならねえ奴らも多いが、皆、自分の仕事に誇りを持っているんじゃ。少し我慢してくれ」

ゴランさんとドガンボさんに宥められ、ソフィアとマリアは渋々頷いた。

たどり着いた工房の前で、僕達は呆然としてしまう。

「……お、大きいですね」

「これでも儂は、国じゃ有名な鍛冶師じゃからのぅ」

ゴランさんの案内してくれた工房は、三階建ての石作りで如何《いか》にも頑丈そうだった。神匠の工房なら当然なのか？

「……タクミ様、王城が凄く近いですよ」

「ああ、マリアの嬢ちゃん。ゴランの兄貴の工房はちょっと特殊だからな。何せ、陛下は兄貴の弟じゃから」

「「「「エエェェェェェーーーーー!!」」」」

その場に僕達の驚きの声が響く。

聞いてないよそんな事。ゴランさん、王族じゃないか！

「騒ぐな騒ぐな。この国じゃ王の兄だとか、そんな事はたいした問題ではないのじゃ。ほら、サッサと入るぞ」

ゴランさんはそう言うと、工房の重厚な扉を開けて入っていく。僕達は慌ててそのあとを追いかける。

ドガンボさんに詳しく聞くと、ゴランさんは国の運営に一欠片《ひとかけら》の興味もないらしい。他の事を考える暇があるなら、鍛冶に集中させろというスタンスだったそうだ。

それに引き換えゴランの弟である王は、鍛冶の腕はゴランさんには届かないものの、国の運営という点においては優れた王なのだとか。

先代の王も随分と頭を悩ませたらしいが、当のゴランさん本人が王になる気がさらさらないのだから、最終的に諦めるしかなかったらしい。

「……どんだけ自由なんだよ」

「ドワーフの職人なんざぁ、多かれ少なかれみんなそんなもんじゃ。王族でここまでワガママなのは、ゴランの兄貴くらいのものじゃがの」

そうだよね、普通じゃないよね、ドワーフの常識は非常識だよね。

混乱する僕達をドガンボさんが工房の中に入るよう促し、ぞろぞろと建物の中に入る。

広いホールにはカウンターがあり、ゴランさんがそこに向かうと、受付嬢らしき女の人に話し出し、僕らの方を振り向く。

「おう、ちょっと待ってくれ。今工房長に許可をもらうからの」

「しょ、しょ、少々お待ちください！」

受付嬢は、焦ったようにそう言うと、カウンターの奥にある階段へと小走りで駆け出した。

何だか、嫌な予感がするのは僕だけだろうか？

ドガドカドカと階段を駆け下りる、短い足のビア樽体形のドワーフ。

「おーやーかーたーー!!」

ゴンッ！

「ギャ!!」

「落ち着かんかぁ、ドワジ！」

カウンターを飛び越えてゴランさんに抱き着こうとしたドワーフのオヤジに、ゴランさんがゲンコツをお見舞いする。

ベチャッとカエルが潰されたような声を上げて、地面に倒れるドワジと呼ばれたドワーフ。

この工房のトップだと思うんだけど……ゴランさんの前では何故だか小物臭が漂うな。

「親方～、戻ってきてくれたんだなぁ～」

「落ち着けと言うておろうが！　儂は別に戻ってきたわけではないぞ！」

「えっ！　何故じゃ！　頼むから戻ってきてくれ、親方！」

「工房長！　工房長！　お客様もおられるのですよ！」

「おっ、あ、ああ」

受付嬢が、あまりにみっともないドワジさんの襟首《えりくび》を掴んで無理やり立たせる。

ドワーフの女の人、怖え～。

「ん、そういや人族やエルフが工房に何の用じゃ？　ん？　お、お前、ドガンボじゃないか！」

受付嬢に立たされた工房長は僕達に冷たく言うと、ドガンボさんを見つけて抱き着いた。バンバンと背中を叩いてるけど、喜んでいるのか？

ドガンボさんがドワジさんに声をかける。

「ドワジの兄貴も久しぶりじゃな」

「何年も出ていったきり、一度も顔を見せんとは少し薄情《はくじょう》じゃないか。ドガンボも工房に戻ってきてくれたのか？　これでこの工房も安泰《あんたい》じゃ！」

ゴンッ!!

グゥワァ!!

「落ち着けと言うておろうに!!」

一人興奮してはしゃぐドワジさんを、後ろからゴランさんのゲンコツが襲うのだった。

その後、受付嬢に会議室のような部屋に通された僕達。工房には見学に来ただけだと伝えると、ドワジさんは消沈していた。

「……ゴラン親方は帰ってきたんじゃなかったのか」

「儂は隠居して工房長をお前に譲ったんじゃ。今更戻ってくる事はあり得ん」

「では、ドガンボは？　若手の有望株だったドガンボも、随分と腕を上げたんじゃろ？　戻ってきて儂の手伝いをしてくれんか」

僕達が見学に来たという話に触れる事なく、ドワジさんはゴランさんとドガンボさんに話しかけているな。ゴランさんに続いてドガンボさんが答える。

「儂らはもうノムストル王国を出た人間じゃ。今回は、ここにいるタクミの旅に便乗して工房の様子を見に来ただけじゃ」

「うむ、儂もゴランの兄貴も、もう終《つい》の住処《すみか》を見つけておる。悲しいかな、それはノムストル王国ではないがな」

「……そんな……ゴランの親方もドガンボも、祖国を捨てたのか？」

祖国を捨てたと言われて、ゴランさんとドガンボさんがムッとしたのがわかった。

ゴランは厳しい表情で言う。

「話は変わるが、王都に普及しておる、あのみっともない浄化の魔導具は何処の工房が作った物じゃ？」

「みっ、みっともないとはなんじゃ、親方。いくら親方でも言って良い事と悪い事があるぞ」

一見怒っているようだけど、ゴランさんの冷めた目は、ドワジさんが焦っているのを見抜いているようだ。

それにドガンボさんが続く。

「ドワジの兄貴。アレはバーキラ王国のパペック商会の商品を模倣したんじゃろう。じゃが、コピーにしても性能が悪すぎる。せめて本物の七割の性能があればええが、あの程度ではお粗末《そまつ》としか言いようがないぞ」

「クッ！　それもこれもゴラン親方がいなくなったのが悪いんじゃ。親方なら……」

「せんぞ！」

ドワジさんの話を、ゴランさんが遮った。

「儂が他国の職人が作った魔導具のコピー商品を作るとでも思うたか？　ドワジとは長い付き合いじゃが、儂の事は何もわかっちゃおらんようじゃな」

「い、いや、そういうわけじゃ……」

ゴランさんが不機嫌そうな低い声で言うと、ドワジさんが慌てて言い訳しようとする。けど、言葉が出てこない。

「まあ、今日は、そんな事はどうでもいい。さっき言うたように、儂は工房の様子を見に来ただけじゃ。それでタクミ達を見学させてやりたいと思って連れてきたんじゃ。構わぬな」

ゴランさんが凄むと、ドワジさんは明らかに怯《ひる》んでいた。

「……ああ、親方がそう言うなら。しかし見せれん物もあるぞ」

「ふんっ、ドワーフの職人が一番だと自惚《うぬぼ》れておるのか……まあいい。タクミ達には鍛冶場を見学させるつもりじゃ」

ドワジさんは、しぶしぶという感じだけど、僕達の見学を許可してくれた。

まあ、ゴランさんがいた工房なら、国家の機密になるような技術もあるんだろう。見学出来ない場所があるのも不思議じゃない。

「では、儂が案内するぞ」

工房の様子を見るついでに、僕達の案内をゴランさんがしてくれるらしい。

僕達は先頭を歩き出したゴランさんのあとに続いた。

はぁ、もっと平和的に見学したかったな。背後からついてくるドワジさんの視線が痛いよ。

部屋を出て、廊下を歩きながらゴランさんが説明してくれる。

「鍛冶工房はいくつもの部屋に分かれておるんじゃ。魔力炉はそれぞれの部屋に一つ。まあ、タクミやレーヴァなら理由はわかるじゃろう」

「ええ、槌を使うにしても、同じ部屋で槌の音が聞こえるのは集中出来ませんし、焼き入れの温度を見る時も、違う炉からの光が邪魔になりますからね」

「うむ、だからこの工房には、鍛冶場が複数あるんじゃ」

研ぎや加工をするためには、別に大きな部屋があるらしい。

「魔導具を製造する場所は三階にある。鍛冶場と精錬用の炉は地下にあるんじゃ」

地下に鍛冶用の炉があるのは、焼き入れの温度を色で見分けるためらしい。地下だと、真っ暗にしやすいから都合が良いんだとか。それでも換気は魔導具を使っているので、万全だとゴランさんが教えてくれた。

ゴランさんに連れられ、地下の更に奥へと進む。

行き先が地下の一番奥にある部屋だとわかってから、ドワジさんの顔色が悪い。そんなに暑くもないはずなのに、何故か汗をダラダラ流している。

「ここがこの工房自慢の魔力炉がある部屋じゃ。ここの炉はノムストル王国で唯一オリハルコンまで扱え……」

ゴランさんがそう説明しながら、分厚い扉を開けた姿勢で固まる。

扉を開けたその先で、ゴランさん自慢の魔力炉を備えた工房は……物置になっていた。

「……な、何じゃ……何じゃこれは」

「あ、あの、ゴランの親方……そ、その、実は……」

「これは何じゃと聞いておるんじゃあーー!!」

「ヒィィィ！　すまねぇー！」

ゴランさんはプルプルと震えたかと思うと、ドワジさんに雷を落とした。ドガンボさんが僕に耳打ちする。

「……アレは怒るわ。あの魔力炉は、ゴランの兄貴の自慢の炉だったんじゃ。それを物置になどと。扱えんでも仕方ないが、せめてキレイにして、いつでも使えるようにしておくもんじゃろう」

「ですよねー」

流石に僕やレーヴァもドワジさんを弁護出来ない。同じ職人としてゴランさんの怒りがわかるだけに尚更の事、不思議に思う。

いい大人が説教されている光景を見ながら、ドガンボさんと話す。

「ドワジさんは、ゴランさんの次の工房長ですよね。鍛冶が専門じゃなくても、職人がこれをしちゃダメだと思うんですけど」

「あー、まあ、ドワジの兄貴も一応職人ではあるんじゃが……どちらかと言うと、金勘定《かねかんじょう》が得意での。その辺を買われて工房長になったんだと思うんじゃが……」

どうやらゴランさんが隠居したあと、アダマンタイトを扱える職人がいなくなったらしい。そのせいで、最高の魔力炉も宝の持ち腐れで、物置になってしまったのだとか。

「ゴランさん以外にも、アダマンタイトを扱える鍛冶師はいたんですよね？」

「ああ、いたな」

「その人達は？」

「……聖域で酒を造っておるな」

「…………」

聞かなきゃよかった。ドガンボさんが尋ねてくる。

「なあ、タクミ。何年か前に、お前にミスリルとアダマンタイトの精錬を頼んだのを覚えているか？」

「忘れるわけないじゃないですか。凄く大変だったんですから」

あの時は本当に大変だった。採掘して持って帰ってきたミスリルとアダマンタイトの鉱石を、延々と精錬し続けたんだから。

「あの時、儂の炉では精錬は無理だと言うたが、たとえミスリルとアダマンタイトを精錬出来る温度が出せる炉だったとしても、儂では精錬は無理だったんじゃ」

「……もしかして、ミスリルとアダマンタイトを魔力炉で精錬するには、温度以外に大量の魔力が必要だったりして……」

「正解じゃ。鍛えるのにも魔力が必要じゃが、精錬する時に必要な魔力の量は桁違いじゃからな。人族よりは多くても、魔力がそれほど多くない儂一人では精錬は無理じゃった」

やっぱりそうか。ミスリルとアダマンタイトは錬金術で「分解」「抽出」するにも、やたらと魔力が必要だったんだ。

今ではそれも慣れたし、魔力の総量が増えたから苦じゃないけど、初めての精錬の時は、マナポーションでお腹がタプタプになったもんな。

「タクミもアダマンタイトで武器を打っておるからわかるじゃろうが、魔力を込めて槌を振るうのも簡単じゃねえ。ミスリルまでは打てるドワーフは大勢いるが、アダマンタイトを打てる奴は、ドワーフでも少ないんじゃ。ましてオリハルコンともなれば、ゴランの兄貴くらいなものじゃ。まあ、オリハルコンは鉱石自体がお目にかかる機会もないがの」

要するに、ミスリルやアダマンタイトの鉱石を精錬するのが大変だから、このゴランさん自慢の炉を備えた部屋は物置になっていたって事だな。

付け加えるなら、アダマンタイトを打てる職人が、今のノムストルにはいない。何故か全員聖域でお酒を造っているから。

……どう考えても問題だよね。

はぁ、新婚旅行に来て、厄介な話に巻き込まれたくないなぁ。

◇

その後、激怒したゴランさんの指示のもと、特殊な魔力炉の設置されている部屋の片付けが、工房の職人や事務方まで総出で行われた。

もちろん、一番働かされているのはドワジさんだ。

新婚旅行に来て、いい歳したオヤジが叱られているのも見たくないので、僕達はドガンボさんに三階の魔導具工房を案内してもらう事になった。

「流石ドワーフであります。仕事が丁寧で細かいであります！」

「ゴランさんやドガンボさんも細工の腕がいいもんね」

「ゴランの兄貴は細工も一流じゃが、儂は鍛冶《かじ》一本で修業したからの。細工は武器や防具を飾るために齧った程度じゃ」

ドガンボさんはそう謙遜《けんそん》するけど、ドガンボさんの金属細工や木工細工の腕は間違いなく一流だと思う。

そういった器用さは、後進にも伝えられているんだろう。三階の魔導具工房で作業する職人達の仕事はとても丁寧で感心してしまった。

ただし……

「単純な術式の魔導具は問題ないようじゃ。じゃが……浄化の魔導具は術式が酷いな」

「いや、あれは仕方ないですよ。出来るだけ術式をコピー出来ないように工夫してましたから。浄化魔法を使えるドワーフもいないでしょうしね」

ドワーフの種族特性のせいだろうけど、土属性や火属性に適性のある者は多いが、光属性に適性のある者はいない。それでよく、浄化の魔法陣を描き上げたと逆に讃《たた》えたくなる。

ちなみに光属性に適性がなくても、魔法陣を描く事自体には問題ない。神官に浄化魔法の魔法陣を教わればいいのだから。

だけど、あの浄化の魔導具は、ただ単に浄化魔法を発動させるだけじゃ、上手く機能しない。僕が便器に取り付けた物は、発動させるタイミングや魔力の消費量など、色々と工夫してあるのだ。

ノムストル王国産の浄化の魔導具付き便器は、魔石の保《も》ちが悪く、頻繁に交換する必要があり、評判は悪いらしい。

「でも、魔導コンロなんかは流石ですね。作りが丁寧で丈夫そうです」

「うむ、魔導オーブンもこの工房の人気商品じゃ」

「コンロとオーブンですか、いいですね。でもうちには、タクミ様とレーヴァが作ったのがありますからね」

マーニはそう言うけど、買い換えもアリじゃないかな。魔導コンロや魔導オーブンは、デザインもシンプルでいい感じだし。

「明日にでも色々とお店を見て回ろうか。昨日は魔導具屋さんは見られなかったからね。灯りの魔導具も色々な種類があるみたいだし、便利そうな物があれば買って帰ろう」

「アクセサリーも色々と見たいですからね」

手先の器用なドワーフが作るアクセサリーも人気の高い商品だ。特に防毒なんかの効果がエンチャントされているアクセサリーは、各国の王族には必須の物らしい。

明日、何処のお店に行こうかとかそんな話をマリア達としていると、ようやく地下からゴランさんが戻ってきた。

「タクミ、悪いがアダマンタイトの鉱石を精錬してくれんか」

「へっ？」

「若手の職人に、アダマンタイトで剣を打つところを見せてやりたいんじゃ。精錬まで儂がすると、槌を振るえなくなるからの」

「えぇ～、僕は新婚旅行で来てるんですよ～！」

錬金術でアダマンタイトの鉱石を精錬するには、かなりの魔力を消費する。それは魔力炉でも変わらないみたいだ。

だから、精錬までは僕がやれという事ですか……

「はぁ、あんまり多くは嫌ですよ」

「剣一本分で構わん。儂もアダマンタイトは、一日に一本打てば魔力切れじゃ」

そんなわけで僕は、ゴランさんに腕を引っ張られて地下の部屋へと連れていかれた。

◇

地下の工房にあるテーブルに、アダマンタイト鉱石が積み上げられている。

「……えっと、やりづらいんですけど……」

部屋には僕達以外に、ドワジさん以下工房の職人達がズラリと並んで見学している。

「錬金術での精錬を見るのは初めての者が多いからの。悪いが、若手の勉強のためだと思って勘弁してくれ」

「はぁ、本当に一本分だけですからね」

僕は仕方なくテーブルに置かれたアダマンタイトの鉱石に向け、「分解」「抽出」「合成」を行使する。

「「「「おおーー！」」」」

若手のドワーフ達が驚きの声を上げる。

「うん、こんなものかな」

「うむ、次はこれじゃ」

ゴランさんはそう言って、さり気なくミスリル鉱石を出してきた。アダマンタイト鉱石だけじゃないのかよ。

「合金にせん事には、粘りのない剣になるじゃろう」

「いや、やりますけどね」

まあ、ミスリルの方が楽に精錬出来るからいいんだけどね。

僕はゴランさんに言われるがまま、ミスリルの鉱石も精錬して渡す。

「よし、今日はもう宿に帰ってもいいぞ」

「なっ！」

ドガンボさんが笑いながら言う。

「クックックッ、ゴランの兄貴がこうなったらどうしようもない。タクミ、今日はもう宿に戻ろう」

本当に新婚旅行として成り立っているんだろうか？　まあ、この世界には新婚旅行なんてする人はいないから、比べようがないんだろうけど……

20　タクミ、爆買い

ゴランさんを一人残して宿に戻ってきた僕達は、部屋で少し寛《くつろ》いだあと、ドガンボさんと一緒に宿の一階にあるレストランに向かった。

「相変わらずスパイスが効いてますね」

「まあ、ドワーフ料理なんざこんなものじゃ。タクミも色々と香辛料を買い込んだんじゃろう？」

カエデとルルちゃん用に、あまり辛くならないよう注文をつけておいたから、二人も美味しそうに食べている。

ドワーフ料理は、辛い物は辛く、甘い物はとことん甘くって感じだ。マリアとマーニが作る料理の味に慣れた僕達には新鮮だけど、ずっとは無理かな。

翌朝、僕達はドガンボさんとゴランさんの案内で、魔導具のお店へ行く事になった。

ゴランさんは、昨日の夜遅くになって宿に戻ってきたらしい。僕が余裕を持って多めに精錬したアダマンタイトは全部使い切ってしまったのだとか。結局、剣二本とナイフ一本を打ち、厳しく指導してきたと言っていた。

「タクミ、昨日は悪かったのう。弟子達があまりに不甲斐《ふがい》なかったので我慢出来なかったんじゃ」

「精錬といっても、少しだけでしたから」

工房長がドワジさんに代わってから、工房は経営的には成功しているらしい。ここのところのトリアリア王国の戦争や、シドニア神皇国絡みの混乱で、質の良い鋼鉄製の武器や鎧を大量に売りさばいたんだとか。

「あのバカ弟子達は、ここ三年はミスリルの武器や鎧を作っていなかったんじゃ。呆れてモノも言えん」

騎士団の装備などは鋼鉄製が普通で、騎士団長あたりで懐に余裕がある人じゃないと、ミスリル装備までは揃えない。だから、ドワジさんの戦略は間違っていないんだけど、ゴランさん自慢の炉がある部屋を物置にしちゃダメだよな。

ゴランさんとドガンボさんのあとに続いて、ゾロゾロと王都を散策する。

食料品や調味料はもう手に入れたので、今日は魔導具をゆっくり見られそうだ。

ノムストル王国は、バーキラ王国・ロマリア王国・ユグル王国がトリアリア王国と長きにわたり戦争していた間、戦乱に巻き込まれる事なくどちらの陣営とも活発に交易していたため、景気が良い。また盗賊や流民が入りづらい立地故、治安も安定している。主食の小麦を輸入に頼っているという心配はあるが、敵対する国が存在しないため問題はない。

だからだろう、他国からの商人やその護衛の冒険者で、王都はとても賑わっていた。

「街が凄く賑やかですね」

「ゴバンは金儲けは上手いからな」

「ゴランの兄貴、陛下を呼び捨てはまずいぞ。人に聞かれちゃ厄介じゃ」

ゴランさんの口からゴバンという名が出たので、誰かな？　と考えていたら、ドガンボさんが「陛下」と言った。

つまり国王を呼び捨てにしたのか。流石にそれはまずいよ、ゴランさん……

「以前は、仲のいい兄弟だったんじゃがのう」

「前も言ってましたが、ゴランさんは王族だったんですよね？」

悲しそうにするドガンボさんに尋ねると、ゴランさんが不機嫌そうに言い捨てる。

「チッ、昔の事じゃ」

ドガンボさんが溜息混じりに言う。

「まあ、そっとしておいてやってくれ。同じ神匠の称号を持つ二人じゃが、方やモノを作る事しか頭にないゴラン兄貴と、方や国を運営する事を優先したゴバン陛下。ドワーフとしてはゴラン兄貴の生き方が正しいのだろうが、王族としてはゴバン陛下が正しいからの」

最近、王や王族が身近にいる事が多かったから、今更ゴランさんが王族でも萎縮する事はないけど……

それから更に歩きながら、ゴランさんの来《き》し方《かた》を色々聞いた。

昔、王を継ぐ気などさらさらなかったゴランさんは、継承権を放棄して街で工房を立ち上げた。それが昨日の工房の始まりなんだとか。

幼い頃から、兄弟は先代の王だった父親から鍛冶仕事を叩き込まれた。二人はよほど才能があったのだろう。百年も修業する頃には揃って神匠の称号を得るに至ったという。

だけど、ゴランさんは神匠の称号に納得していなかった。

称号を得るには、二つのパターンがある。

一つは多くの人にそう認識され、ステータスに記されるケース。この時のゴランさん兄弟がこれに当たる。

もう一つは、女神ノルン様がそう認めた時にステータスに記されるケース。僕のステータスに記されている「ドラゴンスレイヤー」などはこのパターンだ。

「ノルン様から認められてもいないのに、神の名が付く称号なんぞ、ゴミみたいなものじゃ」

「そんな事ないですよ。今のゴランさんは紛れもなく神匠ですから」

そう、その後の長きにわたる研鑽《けんさん》の日々で、ゴランさんは称号を本物にしたという。

「まあ、そんな事はどうでもいい。それよりもお薦めの商会に着いたぞ」

案内されたのは、ゴランさんの工房並みに大きな建物だった。

ノムストル王国でも有数の商会が所有する魔導具専門の販売所で、一階から三階まで様々な種類の魔導具が売られているという。

「王都じゃここが一番品揃えが豊富で、魔導具の質も高いんじゃ」

僕はソフィアに向かって言う。

「聖域にはドワーフはいるけど、ほとんどの人が酒造に携わっているからね。色んな種類の魔導具が見られるのは良いね」

「そうですね。聖域では意外に魔導具って利用されていませんからね」

聖域にある住居には、上下水道が完備されている。居住区には下水を浄化する魔導具も当然設置してあるし、各戸に浄化の魔導具付き便器も標準装備してある。

だけど、それ以外には魔導具はあまり使われておらず、料理の煮炊きは竈《かまど》を使っている人が多い。

灯りもオイルランプが一般的だ。

「ソフィア、マリア、聖域のみんなのお土産用に色々買っていこう」

「わかりました。灯りの魔導具やコンロの魔導具を数多く買いましょう」

「そうですね。お料理するにも、魔力コンロがあれば便利ですからね」

僕の屋敷で料理を担当しているマリアがそう言うと、ソフィアが肯定するように頷く。それを見たマリアがいじわるな突っ込みを入れる。

「ソフィアさんはキッチンに立つ事なんてないじゃないですか」

「うっ」

「まあまあ。他にも欲しい物があったら、みんな買ってもいいからね」

聖域に必要な魔導具全てを、僕とレーヴァで用意しようとすればやれない事はないと思う。だけど、僕のもとにお金が集まりすぎるのも不健全だしね。買える物は買って済ませよう。

一階は、大型の魔導具が陳列されているようだった。

マリアとマーニは、キッチン用の魔導具を見るために二階へ向かった。アカネとルルちゃんは何か面白そうな物がないか、ブラブラと全体を冷やかしている。

さて、僕も色々と見て回ろう。

屋敷にある物は全部、僕かレーヴァが作った物だから、デザインがどうしても同じような感じになってしまう。まあ、統一感があっていいんだけど。

「タクミ様、ドワーフの作った灯りの魔導具もなかなかいいですね」

「本当だね。シンプルなデザインだけかと思ってたけど、凝《こ》った細工が施された高級感のある物もあるんだね」

「色んなタイプの灯りの魔導具を買って帰りましょう」

ソフィアとそんな会話をしてから、再びみんなと合流する。マリアとソフィアが、店員に次々と購入する魔導具を渡す。

「お、お客様、こんなに大量に大丈夫ですか？」

「うん、お金は大丈夫ですよ」

「心配しなくていい。私達には収納する術《すべ》があるからな」

「そ、そうですか。わかりました。すぐに数をご用意いたします」

店員はそう言うと、別の店員を集めてきて、ソフィアとマリアが注文した灯りの魔導具の用意させる。

「このフロアスタンドもいい作りですね、ソフィアさん」

「マリア、部屋全体を照らすタイプの方が、聖域のみんなには喜ばれると思うぞ」

「やだなぁ〜、これは私の部屋用ですよ」

「うん、なら問題ない。それなら私も自分の部屋用に探そうかな」

続いて二人は自分達の部屋に置く、灯りの魔導具を探しているみたいだ。

聖域の屋敷では、僕の主寝室とは別に、ソフィア、マリア、マーニはもちろん、全員が個室を持っている。だからといって僕が一人で寝られる事はないんだけどね。何故かいつの間にか、ローテーションが決まっているし。

「しかし、種類が本当に豊富だな」

「そのあたり、ドワーフは生真面目な職人の集団なのでしょうね」

日本で照明器具の分厚いカタログを見た事があるけど、この世界のドワーフも負けてないな。あ、今は日本でもカタログはインターネット上なのかな。

スタンドタイプ、天井用照明、壁面に設置するタイプ、シャンデリアなどの完全にオブジェと化した物まで、様々なデザインの灯りの魔導具が陳列されている。

僕達はその中から気に入った物を選び、店員に必要な数量を告げる。店員は商品の種類と数量をメモに控えていった。

こんな時しかお金を使う機会がないのもどうかと思うな。ボルトンはまだしも、聖域での生活ではお金を使う機会がまったくないから。

今度は、マリアとマーニが大型の魔力コンロの前で何やら相談している。

「どうしたの？」

「あ！　タクミ様。このコンロ見てください。凄く使いやすそうですよ」

「デザインもシンプルで、掃除もしやすいと思うのです」

どうやら買おうかどうか迷っていたようだ。

「ふ〜ん、なら買えばいいんじゃない？」

「いいんですか？」

「少し値段が高いですよ」

「高いって言っても、家を買えるほどじゃないだろう。欲しい魔導具は買えばいいよ」

「「ありがとうございます！」」

マリアとマーニから嬉しそうにお礼を言われる。

屋敷のコンロじゃ不足だったのかな？　まあ、僕はそこまで料理をする方じゃないし、僕じゃわからない、使い勝手ってやつがあるんだろうな。

結局、その日は夕方まで魔導具のお店で過ごす事になった。倉庫に積まれた商品の山を、片っ端からアイテムボックスへ収納したんだけど、その作業に時間がかかったくらいだ。

当然ながら、お店の人がホクホク顔になるくらいにはお金が飛んでいったのは言うまでもない。

21 再びの工房

昨日、魔導具を爆買いした僕達。今日はゆっくりと宿で寛ごうと思っていたんだけど……

僕はゴランさんにお願いされ、一昨日訪れた、ゴランさんが以前工房長を務めていたという工房を再訪している。

「……一応、理由を聞かせてもらえますか？」

「すまんの。弟がどうしても会いたいと言い出したらしいんじゃ」

「……えっと、ゴランさんの弟さんって、何人もいます？」

「いや、一人だけじゃ」

というか、連れてこられていた。

「何をごちゃごちゃ言うておるんじゃ！　お主がイルマか？　儂がこの国の王、ゴバン・ノムストルじゃ」

やっぱりそうだよね。

ゴランさんによく似た顔の、上等そうな衣装に身を包んだドワーフが、痺れを切らして話しかけてきた。

周りには、護衛の暑苦しいフルプレートを着込んだドワーフの騎士が五人控えている。

「兄者《あにじゃ》が国に戻っているというのに、城には一向に顔を見せん。調べてみると、同行者がいると言うではないか」

「はぁ……」

「しかもお主、兄者と共同でモノを作ったと聞いた」

「はぁ……」

ゴランさんと作ったっていうと、オケアノスかな？　それともウラノスかな？　確かに手伝ってはもらったけど……何が言いたいのだろう？

「お主は神匠である兄者と共同で仕事が出来るほどの職人というわけか？　ドワーフでもない人族の？　そんな細い腕で？」

「いいえ、ゴランさんには手伝ってもらっただけで……」

僕がぼそぼそと返答していると、突然ゴランさんがゴバン王を怒鳴りつける。

「いい加減にせんか！」

そして厳しい表情で問う。

「ゴバン、最近槌を握ったのはいつじゃ」

「……兄者、王の仕事は忙しいのじゃ。槌を握る暇などない」

「ふん。槌を握りもせん職人に、タクミを悪く言う資格などない！　神匠の称号を返上せい！　お前に比べれば、タクミの方が良い剣を打つわい！」

いや、それは言っちゃダメなやつだから。

ほら、ゴバン王の顔が赤く染まってきた。

「グヌゥウウ、ならば勝負じゃ！」

「良かろう！　錆《さ》びついた腕で恥をかくなよ！　やってやれ、タクミ」

いや、僕が相手になるの？

「イヤイヤイヤ、ゴランさん。僕は新婚旅行に来てるんですよ。ゴバン王様、本気にしないでください！」

どうしてそうなるの。ゴランさん、ニヤニヤしない。わざとでしょこの流れ。

ヤーメーテェ～！

◇

僕がドナドナされて来たのは、ゴランさん自慢の魔力炉が設置されている地下の部屋。

ゴランさんがゴバン王に言う。

「ゴバンは剣を一振り打つのに日にちがかかるじゃろう。国王にそれほどの時間を取れるとも思えん」

「心配無用じゃ兄者、何としても三日空ける」

普通、剣を一振り打つのに三日では無理だと思うんだけど。でもそこはドワーフ、土属性魔法、火属性魔法、鍛冶魔法を駆使すれば大丈夫なんだろう。

まあ、僕は一日で打つんだけどね。いや、僕の場合、ほとんど槌を振るわないからなんだけど。大まかな成形から熱管理、金属組織の配列などの調整まで魔法で行うから。

結局、僕はオーケーなんて一言も言ってないのに、この国にもうしばらく滞在しないといけなくなったたな。


宿に戻ってソフィア達に報告すると、意外にもすんなりと受け入れてくれた。

「わかりました。私達もそれぞれで予定を立てて楽しみますから」

「えっ」

新婚旅行だよね……

ソフィアの淡白な返答に戸惑っていると、レーヴァから声がかかった。

「タクミ様、そろそろパペック商会に卸《おろ》す商品の納品日が近いであります。レーヴァと一日、聖域でお仕事をお願いするであります」

「そ、そうだね……一日で大丈夫かな？」

「一日中みっちり作業すれば大丈夫であります」

「一日中みっちりなんだね」

すると、アカネが私もと手を挙げる。

「バーキラ王国でもロマリア王国でも構わないから、どちらかの王都へ連れていってちょうだい」

「えっと、どうしてかな？」

僕が聖域に一旦戻るタイミングで、ついでに転移で運んでほしいと言ってきた。

「ノムストルの料理もなかなかだけど、辛かったり香辛料がキツかったりでちょっと飽きてるのよね。普通の料理は宿のレストランにあるけど、お菓子やデザートはやっぱりバーキラ王国かロマリア王国なのよ」

「アカネ様とルルで、みんなの分の甘味を買ってくるニャ」

ルルちゃんがそう言うと、マリアとマーニが頷く。どうやらアカネとルルちゃんの二人が代表で買いに行くのは、みんなで決めていたみたいだ。

「カエデもマスターと一緒に行くよー！」

「おっ、カエデは僕に付き合ってくれるのか？」

カエデが元気に手を挙げて、僕と一緒に聖域へ戻ると言ってくれた。少し嬉しくなる。

「お友達と遊ぶのー！」

「……あっ、そうなんだね」

その後、ゴバン王が明後日から三日工房に籠もる事が、王城から伝えられた。

僕も一日くらいは立ち会わないとダメみたい。国王が三日で剣を仕上げたあと、次の日に僕が工房で剣を一振り打つという予定になった。

大事な事だから何度も言うけど、僕は新婚旅行中なんだけど……

22　槌で語り合う

ゴバン王の鍛冶は、オーソドックスなドワーフ様式だった。

素材はアダマンタイト。精錬されたアダマンタイトを使って一振りの剣を鍛える。日本刀のような折り返し鍛錬は当然行われない。工房の中でも腕のいい若手の鍛冶職人が向こう槌を取り、リズミカルな槌の音が響く。

魔力炉で高温に熱せられたアダマンタイトの塊が形を変えていく。僕が見ている前で、一本のロングソードが鍛えられていった。

何度も炉で熱せられ、不純物を叩き出し、鍛えるたびに金属組織が整えられる。

この国に二人しかいない神匠の称号は伊達《だて》じゃないみたいで、このペースなら明日には完成するんじゃないだろうか。

ゴバン王は一日でロングソードを鍛え上げ、鍛冶魔法やヤスリによる修正を経て、翌日の焼き入れとなった。

魔法金属であっても焼き入れによる組織変化で硬化させる手順は変わらない。ただ、どのくらいの温度まで加熱するのかは、それぞれの職人が師匠から目で見て盗む。

地下の魔力炉のある部屋は照明が消され、炉の灯りがぼんやりと周りを照らす。

熱せられた刀身がオレンジ色に染まっていく。ゴバン王がタイミングを見計らい、刀身を急冷《きゅうれい》して、焼き入れが終わったようだ。

部屋の照明が点《つ》けられ、ゴバン王の満足げな顔が見えた。きっと納得のいく剣が打てたんだろう。

「あとは微調整をして研げば完成じゃ。どうじゃ負けを認めるなら今のうちじゃぞ」

「ははっ、ゴランさんの顔を潰せませんから、精一杯頑張らせていただきます」

ゴバン王にちょっと挑発されて、少しムキになっちゃったかな。

◇

次の日、工房の同じ地下の部屋で、僕は魔力炉に向き合っていた。

まあ、僕の場合、錬金術・土属性魔法・鍛冶魔法メインでの作刀《さくとう》になるから、魔力炉を使うとしても魔力節約のための補助でしかないけど。

今回、僕はゴバン王と同じロングソードは避けた。同じ土俵で戦う事になったら、勝てばゴバン王の顔を潰す事になるし、負ければゴランさんの顔を潰してしまうからね。

それで僕が作る事にしたのは、剣は剣でも日本刀だ。

日本刀を打つには、皮鉄《かわがね》・刃鉄《はがね》になる高炭素鋼と、心鉄《しんがね》・棟鉄《むねがね》・茎《なかご》に使用される低炭素鋼を、それぞれの用途に合わせて「折り返し鍛錬」をして、そこから「作り込み」を行うというちょっと面倒な工程を経る必要がある。

だけど僕は、この工程のほとんどを、魔法で置き換えて短時間で終わらせるつもりだ。

更に僕が使うのは、地球にはないファンタジー金属のアダマンタイトだ。もちろん、鉄と同じようにはいかないけど、実はゴランさんとの共同研究によって、それを実現する方法を発見したんだよね。

それが、少しのミスリルと、0・3パーセントから0・6パーセントのオリハルコンを使った合金にするという技術。これでアダマンタイトであっても、日本刀の折れず・曲がらず・よく切れるを実現出来るのだ。

魔法金属の頂点に立ち、神鋼《かみはがね》とも呼ばれるオリハルコンは、どの金属よりも硬い。それにもかかわらず、高い靭性《じんせい》を併せ持つというちょっとふざけた金属だ。流石に、剣一振り分のオリハルコンは用意出来ないが、全体の1パーセント程度なら問題ないだろう。

早速、アダマンタイトにミスリルを僅かに混ぜた合金に、オリハルコンを0・3パーセントから0・6パーセント混ぜ、心鉄や刃鉄に使用する。

日本刀を作刀する時に行う「折り返し鍛錬」を錬金術と土属性魔法で再現すると、硬さと靭性の違う四種類、刃鉄・皮鉄・棟鉄・心鉄が出来上がった。

それを「四方詰め《しほうづ》」になるように重ねて、錬金術で合成、鍛冶魔法で成形していく。

やがて僕のイメージ通りに、刀の形が変わっていく。

続いて、刀身に刃文《はもん》の意匠を施す作業「土置き《つちお》」から、硬度を高めるために高温に加熱してから急激に冷却する操作「焼き入れ」までも魔法で行う。

僕の頭の中での理想形は、前世で憧れ、博物館に通って見た天下五剣《てんかごけん》の一振り、伯耆国《ほうきのくに》の刀工、大原安綱《おおはらやすつな》の最高傑作にして伝説の太刀《たち》、気品と力強さを兼ね備えた剛剣《ごうけん》――その名を童子切安綱《どうじぎりやすつな》。

今、僕の手には、その名刀に近いフォルムを持った刀が握られていた。

魔法による「焼き入れ」で、刃側の組織変化に伴う体積膨張により、日本刀独特の「反《そ》り」が生じる。更に低温での焼き戻し作業である「合い取り」を経て、組織が安定して、金属の粘りが回復していく。

仕上げに鍛冶魔法で研ぎ上げると、アダマンタイト合金だからか地金《じがね》の色は黒に近いが、その刀身には変化に富んだ小乱《こみだ》れの刃文が浮かび上がった。

何とか作刀が成功したようだ。

「タクミ」

「あっ、はい」

刀身に見入っていると、ゴランさんから声がかかった。

僕はゴランさんに太刀を渡す。

「……うむ、前よりもずっと完成度が高い。成功じゃの」

「ありがとうございます」

「エンチャントは儂も手伝うからの」

「お願いします、ゴランさん」

僕とゴランさんが満足感に浸っていると、ゴバン王の叫び声が聞こえた。

「なっ、何なんじゃその剣はぁーー!! しかもお主、槌をほとんど打っておらんではないかぁーー!!」

ゴランさんは騒ぐゴバン王に冷たい視線を向けつつ言う。

「五月蝿《うるさ》い奴はほっといて、付与する魔法と拵《こしら》えの相談しようか」

「えっと……いいんですか？」

「ああ、勝負なんざ端《はな》から決まっておる。奴が打った剣は十年前とまったく同じレベルじゃ。ちっとも進歩しちゃおらん。その時点で奴の負けじゃ。さ、早く行くぞ」

ゴランさんに腕を引っ張られて、部屋を出る僕。

その後ろからは、ゴバン王の叫ぶ声が聞こえていた。

23　国宝になる

ゴランさんと工房の三階へ移動して、太刀に見合う拵えを作る。

ゴランさんが鞘《さや》と柄《つか》を削る間に、僕はハバキや鍔《つば》、柄《つか》に巻く革と紐を用意する。仕上げにゴランさんと協力して付与魔法をかけ、刀身と拵えを強化して完成だ。

「会心《かいしん》の出来じゃのぅ」

「儂にも見せてくれ」

「あっ、ドガンボさん。いつの間に来たんですか?」

横から話しかけてきたのは、ドガンボさんだった。ドガンボさんはゴランさんから太刀を受け取りながら、工房に来た理由を教えてくれる。

「流石に儂も退屈でのぅ。ソフィア嬢達のように、今更観光もないからの。何せ祖国じゃし」

ただ単に暇だったらしい。それであまり興味もないが、ゴバン王と僕の鍛冶対決の様子を見に来たとの事。

「ほぅ……金属組織の層が地金に波のような紋様を作っておるのか。片刃で細身で反りがある剣か、扱いは難しそうじゃが、美しい剣じゃのう」

「そうじゃろう。じゃが、細くて美しいだけじゃないぞ、その剣は」

そうゴランさんが言った時、バンッとドアが乱暴に開けられた。

入ってきたのは、怒ったゴバン王だ。

「勝負は剣の出来だったはずじゃ。拵えなどどうでもよかろう！」

そう言っているゴバン王の手には、宝石などで装飾されたロングソードが握られていた。いや、僕のよりも派手なんだけど。

ゴランさん呆れたように言う。

「どの口が言うておるんじゃ。この愚弟《ぐてい》が」

「むっ、それよりも、どちらの剣が優れておるか勝負じゃ！」

「剣の種類が違うので、どちらが勝ちとか負けとかないと思いますけど……」

遠回しに、勝負はなしにしませんかと提案してみたんだけど……ダメみたいだな。ゴバン王は威勢よく言ってくる。

「何じゃ、魔法を使って変わった作刀しておったが、負けを認めるのか？」

「タクミ、この愚弟にハッキリとわからせてやれ。ゴバン、お前の打った剣を貸せ」

「おう、見てくれ、兄者」

ゴバン王が自信満々でゴランさんに剣を渡す。

ゴランさんは剣を受け取ると、鞘から抜いて刀身をしばらく見つめた。そして、ゴバン王についてきた護衛の騎士に剣を渡して命令する。

「おい、コレを斬ってみろ」

「えっ、コレをですか……」

ゴランさんが取り出したのは、先日ゴランさんが鍛えた鋼鉄のロングソードだった。

「儂の打った鋼鉄のロングソードじゃ。ゴバンの打った剣はアダマンタイトじゃから、簡単に斬れるじゃろう？」

「兄者！　吾《われ》をバカにしておるのか！　鋼鉄の剣など容易《たやす》く真っ二つにしてくれる！　オイ！　構わんから斬ってみろ！」

「はっ、はい！」

ドワーフの騎士が、鋼鉄のロングソードに向かって立つ。そして、ゴバン王が鍛えたアダマンタイト製のロングソードを振り上げ――

「デェヤァァーー！」

気合いとともに叩きつけた。

キンッ！

鋼鉄のロングソードは真っ二つに斬られていた。試し切りをした騎士はホッとしており、その様子を見たゴバン王も胸を撫で下ろしている。

「どうじゃ兄者！　鋼鉄の剣を斬るなど簡単な事よ！」

「はぁ……お前の打った剣の刀身を見てみろ」

ゴランさんは首を横に振っていた。ゴバン王は、細かな刃こぼれを起こしたアダマンタイト製のロングソードを見て、苦笑いを浮かべる。

「ん？　あ、ああ、少しこぼれたか。鋼鉄の剣とはいえ兄者の鍛えた剣を斬ったのじゃ、刃こぼれくらい当然じゃろう」

すると、ゴランさんは黙ってもう一振り鋼鉄のロングソードを取り出し、試し切り用に置いた。

「ドガンボ、タクミの太刀を貸してくれ」

「ほら、ゴランの兄貴」

ゴランさんは太刀を受け取ると片手で振り上げ、そのまま振り下ろした。

鋼鉄のロングソードは、音も立てずに真っ二つになる。

ゴランさんは、太刀の刀身がよく見えるように掲げる。

「よーく目ん玉かっぽじって見やがれ！」

「よう折れんかった……な、何だと……刃こぼれどころか、曇りすらないじゃと」

ゴランさんが厳しく言う。

「ゴバン、ドワーフが武具の目利きを誤るようじゃ恥だと思え。神匠の称号は返上せい」

「…………」

ゴバン王は呆然として動けずにいた。

そこへ、ドガンボさんが告げる。

「ゴバン陛下よ。王としての仕事が忙しいじゃろうから、鍛冶の腕が鈍《にぶ》るのは仕方ない。ゴランの兄貴が怒っておるのは、鍛冶に携わるドワーフとして、タクミの鍛えた太刀の値打ちを見極められんかった事に対してじゃ」

「ドワーフの武具の目利きがいい加減で、どうして他国が買ってくれよう。誰がその武具に命を預けよう」

ゴランさんに叱責され、ガックリと項垂《うなだ》れるゴバン王。

ゴランさんが僕に顔を向ける。

「タクミ、この太刀をこの工房で保管させてくれんか？　工房の職人達の励《はげ》みになるじゃろう」

「アダマンタイトもミスリルも工房の物ですし、まだまだ未熟者の僕が作った太刀でお役に立てるなら」

こうして僕が鍛えたアダマンタイト合金の太刀は、工房に保管される事になった。こういう剣もあるんだと参考になって、工房の職人達の糧《かて》となってくれれば良いかな。

そんな程度の気持ちだったんだけど——その後、この太刀はノムストル王国の国宝の一つに加えられる事になったのだった。

24　寄り道して帰ろう

ツバキの引く馬車が、街道を軽快に走る。

聖域に帰るだけなら転移でいいんだけど、何故か真っすぐ帰る事なく、寄り道して帰る事が決まった。いや、僕の知らないうちに決まっていたんだ。

ちなみに、ゴランさんとドガンボさんは、先に転移で聖域に送ってある。あまり長い時間、お酒造りから離れたくないと言われたからね。

それでみんなのリクエストで、サマンドール王国へ向かう事になったんだけど、ノムストル王国からサマンドール王国ってルートはちょっとだけ問題があった。

聖域からサマンドール王国へは未開地を抜けていけばいいんだけど、ノムストル王国からだとシドニア神皇国を通るか、トリアリア王国を通るしかルートがないんだよね。トリアリア王国とは小競り合い中だし、シドニア神皇国を通るルート一択になるんだよな。

まあそれはともかく、ゴランさんとドガンボさんがいなくなって、仲間だけになったので馬車の中はリラックスした雰囲気になったね。

……やっと……やっと、新婚旅行らしくなってきたかな。

「思った以上に酷いみたいですね」

「みんな暗い顔してましたよ」

ソフィアとマリアがそう言うのは、先ほど立ち寄ったシドニア神皇国の村で、切迫した暮らしを強いられている人々を見たからだ。

シドニア神皇国は現在、バーキラ王国とロマリア王国によって暫定統治されている。

治安維持のために、両国の騎士団が巡回してるんだけど、それでも盗賊や魔物による被害があとを絶たない。

もともとシドニア神皇国には、冒険者ギルドの支部があったんだけど、一度去った冒険者は戻らず、周辺の魔物は放置されたままだ。周辺各国が冒険者ギルドに依頼を出し、魔物を討伐しているみたいだけど、あまり上手くいっていないようだな。

僕はソフィアに向かって言う。

「ゴブリンやコボルトが随分繁殖しているみたいだね」

「オークやオーガが集落を作って大繁殖しているかもしれません」

それから少しでも助けになればと、僕らはサマンドール王国へ向かいつつ、魔物は全て狩っていく事にした。

ツバキに気配を抑える魔導具を使い、わざわざ魔物に襲われやすい状態で街道を行くと、出るわ出るわ、魔物が群れで襲ってきた。

もちろん、僕達はサーチアンドデストロイで、片っ端から討伐していく。

途中、カエデがゴブリンの集落を見つけ、本当に寄り道する羽目になったけど、ゴブリンはG《ゴキブリ》みたいなものだから、一匹見つければ百匹いると思って殲滅《せんめつ》しないとダメなんだよね。

「せめて、初級冒険者くらいいればいいんだけど」

「でも、もともと教会所属の兵士が魔物の駆除をしていたそうなんですよね」

ソフィアが言うように、シドニア神皇国では教会勢力が魔物の討伐も行っていた。

なので、シドニア崩壊後に教会が消滅すると、盗賊だけでなく魔物に対応する戦力もなくなってしまったのだ。

「他国の冒険者がもっと来ないかな」

「難しいんじゃないですか？　今、冒険者達に人気なのは、未開地ですからね」

まあ、マリアの言う通りなんだよね。

今、未開地にはいくつもの新しい街が完成し、人と物の移動が活発になっている。聖域特需というか、聖域バブル状態だ。当然、商隊の護衛から、未開地に出来た街や街道周辺の魔物討伐など、冒険者の仕事はいくらでもあった。

「今更ゴブリンやコボルト、ウルフ系の魔物を狩っても旨味《うまみ》はないわね」

「いや、そこは諦めようよ。僕達はシドニアの崩壊にまったくの無関係じゃないんだから」

アカネがぼやくように旨味はないので、討伐証明なんてわざわざ取っておいたりしない。倒した魔物はそのまま焼くか埋めて、先へと進んでいる。

しばらくそうして進行していると、ソフィアが声を上げる。

「あ、村が見えてきました……襲われている？」

「ツバキ！」

ソフィアが村を見つけたが、何かに襲われているみたいだ。僕はツバキに声をかけ、速度を上げさせた。

村がはっきりと視認出来る距離まで接近すると、オークが暴れている光景が目に飛び込んできた。

僕はみんなに告げる。

「みんな、戦闘準備！　突っ込むぞ！」

「タクミ！　フェリルをお願い！」

「レーヴァのセルちゃんもお願いするであります！」

僕が亜空間を開くと、アカネとレーヴァの従魔が飛び出す。アカネの従魔は漆黒《しっこく》の巨大な狼、ルナウルフのフェリル。レーヴァの従魔は巨大な猫のような魔物、セルヴァルのセルだ。

「グローム！　先行しなさい！」

ソフィアが大声で指示を出すと、最後に亜空間から飛び出した、ソフィアの従魔であるサンダーイーグルのグロームが村へと高速で飛んでいく。

「GUOOOO――N!!」

「アオォォォォーーン!!」

「ガァァオーーン!!」

ツバキが竜の咆哮を上げ、それに続けとばかりにフェリルとセルが雄叫びを上げる。

◆

それは、この世界では誰にでも起こり得る悲劇だ。

体制が崩壊した国でも、人は生まれ、暮らしていかなくてはならない。その日、村はオークの群れの標的になった。

男や子供は食料にされ、女は繁殖のために――

「うわぁーー!!」

尻餅をつき身体を強張《こわば》らせた少年に、興奮したオークが口から涎《よだれ》を垂らしながら棍棒を振り上げる。

その時、咆哮が響く。

ビクリとオークが硬直したと思うと、次の瞬間、少年が見上げていたオークは、首から血を噴き出して後ろへ倒れた。

「へっ？　え、な、何が……」

少年の頭上を飛び越した黒く巨大な狼がオークの首を喰いちぎり、そのまま次のオークへと駆けていく。

ドガァーーン‼

違う場所では、オークの頭に雷が落ち、プスプスと肉の焼ける匂いが周囲に漂っている。また別の場所では、巨大な猫の魔物がその爪を振るい、オークの喉笛《のどぶえ》を切り裂いていた。

「……な、何が起こってるんだ」

腰が抜けて動けない少年。

彼がそうしていると、巨大な馬のような魔物が引く馬車が村へ入ってきて、砂煙を立てて止まった。

そして、その馬車から出てきた人達がオークに向かっていく。

「……村は助かったのか？」

少年の見ている前で、2メートルを超える巨体のオークが瞬殺されていく。彼は、ただただ呆然と見ているしかなかった。

◇

フェリル達従魔を先行させ、村へ突入した僕、タクミ。僕達が村に着いた時、村の中は酷い状況だった。喰い散らかされた死体、壊された家の残骸《ざんがい》。

怒りと無力感でいっぱいになる。

僕達は無言のまま馬車を飛び出すと、目につくオークを駆逐《くちく》していく。

ソフィア、マリア、マーニを見て、オーク達は興奮し出す。

僕は、群がるように襲ってくるオーク達の背後から間合いを詰め、心臓を一突き。次のオークへと駆けていった。

カエデは気配を消しながらオークが気付く前に、見えない糸で首を落としていく。

「ブゥモォォォォォーー!!」

仲間が殺されていく事にやっと気付いたオークが怒りの声を上げた。僕は、振り下ろされた棍棒を受け流しながら、錬金術の「分解」を使う。

突然、丸太のような棍棒が消失して、バランスを崩すオーク。

僕はその額《ひたい》に手を当てる。

「分解！」

脳を分解されたオークが、糸の切れたマリオネットのように崩れ落ちた。

それほど時間がかかる事なく、村にいたオークの群れを殲滅した。何処かに隠れていたのか、小さな男の子がやって来て、僕の足に縋《すが》りつく。

「お母さんがぁ、お母さんがぁ。お兄ちゃん、お母さんを助けて」

「任せて。必ず君のお母さん、助けるからね」

既に女性は攫われたあとだったのか……

すぐに事情を把握した僕はそう告げると、亜空間からタイタンを呼び出す。

「タイタン、村の防衛を頼む！　アカネ、怪我人の治療はお願い！　カエデ、追いかけるよ！」

「任せてマスター！」

残された村人の治療をアカネとレーヴァ、ルルちゃんに任せ、護衛をタイタンとフェリル達に頼む。

カエデは、オークが何処に逃げたかわかっているようで、迷いなく駆け始める。僕がそのあとを追いかけると、ソフィア、マリア、マーニも駆け出した。

「グローム！　先行して集落の位置を特定して！」

グロームはひと鳴きすると、僕達を追い越して飛んでいく。

まだ間に合うはずだ。村から攫われた女の人達を取り戻すべく僕達は駆ける。

村の女の人達を連れ去ったオーク達が、僕の探知にも引っかかった。

僕達は身体強化し、猛然と走り続ける。

◆

そのオークの集落は新しく出来たばかりだった。集落がある程度形になったなら、次に求めるのは食料と雌《めす》だ。

戦利品である雌を抱えたオークの群れが、意気揚々《いきようよう》と集落への帰路につく。

戦利品の雌を最初に楽しむのは、集落で待つオークのリーダーである。だが、その次は実働部隊の自分達だ。

その事を考えるだけで、オーク達は興奮が収まらない。

——いっその事ここで犯してしまおうか。

最後尾を行く一体のオークがそんな誘惑に駆られた瞬間、視線がズレた。

そのオークは、それを不思議に思う事も出来ず、そうなった理由もわからぬまま、意識を暗転させる。

十数頭のオークはそれぞれ、一人か二人の気を失った人間の雌を抱えて歩いていた。集落へ向かう彼らの最後尾で、一体のオークの首がズレ落ちたのも知らずに。

◇

僕、タクミは探査範囲に十数頭のオークを捉える。連れ去られた村の女性は二十人近い事がわかった。

オーク達を視認したカエデが更に加速する。カエデは木々の間を縫うように走り、木に糸を飛ばして立体的な機動で飛んでいく。

音もなく高速移動するカエデが、最後尾のオークに襲いかかり、糸がオークの首を切断した。

頭部を失ったのに気付く事なく歩くオーク。そのオークの身体が崩れ落ちる寸前、オークに抱えられていた女の人をカエデが糸で優しく確保する。

異変に気付いたオークの集団が振り返る前に、僕、ソフィア、マリアの槍が驚愕に目を見開くオークの喉笛を切り裂いていく。

更に、死角に回り込んだマーニの短剣がオークの延髄《えんずい》に突き刺さり、そのオークは身体を痙攣《けいれん》させて息絶えた。

グロームが上空から急降下、鋭い鉤爪《かぎつめ》でオークの目をえぐる。オークはその痛みに、抱えていた女の人を放り出して暴れようとした。だが、女を抱えていたはずの腕は既になく、肩からは血が噴き出している。そして、残された片目が映す風景がグルリと回り、地面に落ちた。

人間の女性という戦利品を得て浮かれていたオークを殲滅するのに、それほど時間はかからなかった。全てのオークを殺し、村の女性達の安全を確保する。

それから、僕はみんなに指示をする。

「攫われた女の人を集めて。エリアヒールをかけるから」

一ヶ所に集められた女の人達に、僕はエリアハイヒールを施してあげた。ソフィアとマリアが僕に声をかけてくる。

「気を失っていますが、すぐに目を覚ますでしょう」

「このあとどうします？」

本来なら、通りすがりの僕達がここまで首を突っ込む必要はないんだろう。冒険者ギルドの依頼を受けているわけでもないしね。

だけど、僕達は喰い散らかされた人達を見ている。それこそ小さな子供から大人まで……

「ソフィアとマリア、マーニはこの人達をお願い。目を覚まして移動出来るようになったら、村まで連れていってあげて」

「タクミ様はどうするんですか？」

一応マリアが聞いてくる。僕がどうするのか多分わかっていると思うけど。

「ちょっとストレス発散してくるよ」

「お気を付けてください、旦那様」

「私達は村の後片付けを手伝ってきます」

「じゃあ、炊き出しの用意もしておきますね」

ソフィア、マリア、マーニがそれぞれ言い、僕は三人に伝える。

「うん、お願い。食料はマジックバッグの中にある分を使ってしまっても大丈夫だから」

ソフィア達に見送られた僕は、探知してある集落に向けて走り出す。そのあとを、当たり前のようにカエデがついてくる。

「マスター、派手にドッカーンってやるの？」

「いや。あまり派手にすると、周りの魔物が集まってきて厄介だからね」

気配を消して森を歩く僕とカエデは、高レベルの隠密《おんみつ》スキルのおかげで、人にも魔物にも見つかる事はない。範囲殲滅魔法で奇襲すれば、ほぼそれだけでオークの集落を潰せるだろう。

「だから今回は、僕とカエデでサイレントキリングしよう」

「了解なの！」


やがてオークの集落にたどり着く。

集落にいるオークは、五十を少し超えるくらいか……襲撃部隊と合わせると百近い群れだ。なら、上位種も何体かいるな。

僕はカエデと目配せすると、お互いに完全に気配を絶つ。

僕と従魔のカエデとの間には、魔力のパスが繋がっているから、姿が見えず気配を感じなくてもお互いの存在がわかる。

この瞬間、僕達は姿なき暗殺者に変わるのだ。

さあ、駆除を始めよう。

25　真昼の暗殺者

その新しい集落は、一体のオークジェネラルが治めていた。

オークでも、集落の入り口に見張りを立てる程度の知能はある。特に上位種が統率する群れでは、役割分担がしっかりと決まっている。その集落の門とも呼べない粗末な入り口は、二体のオークが護っていた。

集落自体は森の中にぽっかりと空いたスペースに作られている。森の木々を伐採して拓《ひら》いてあるので、太陽が高いこの時間帯、敵の接近を察知しやすい。しかもオークは鼻が利く魔物なので、同種以外の接近を見逃すはずがない。

なお、もともと彼らは他の場所に棲んでおり、そこから流れてきた。ある日突然、統率個体が現れた事で、この場所にこの集落を築いたのだ。

今回、初めての襲撃だった。食料と雌の確保に、群れの約半数が出払っている。だが、もうそろそろ戦利品を持って帰ってくるだろう。

苗床《なえどこ》になる雌を心待ちにしていたオークジェネラルは、死神《しにがみ》の足音が近づいてきているのに気付く事はなかった。見張りのオークも、オコボレにあずかれるかもと期待に胸を膨らませているのだった。

◇

見張りのオーク二体を、僕、タクミとカエデがそれぞれ瞬殺する。

気配を絶って背後から忍び寄り、僕は短剣を、カエデは腕に装備した鉤爪を、オークの延髄に突き刺す。

匂いに敏感なオークの事を考え、最初は出来るだけ血を流さず仕留めていこうと考えていた。倒したオークを僕のアイテムボックスに収納する。

もしかすると、既に攫われて酷い扱いを受けている人がいるかもしれない。だから出来るだけ気付かれないよう数を減らしていく。

粗末な建物の中にいるオークに音もなく近づき、首筋を短剣で突き刺す。

僕とカエデは集落の中に残ったオークを、一体、また一体と葬《ほうむ》っていく。

「そろそろ気付かれるかな」

「親玉は手下と一緒にいるね」

統率個体だろうオークジェネラル級の個体は、大きめの小屋に数体のオークと一緒にいるようだ。

「とりあえず、周りのオークを全部片付けよう。オークの親玉は最後で」

「了解だよマスター」

僕とカエデは、建物を一つ一つ虱潰《しらみつぶ》しにしていく。

僕とカエデの気配察知では、集落の中に被害者は感じ取れないが、死にかけていると見落とす可能性もなくはない。だから一軒一軒慎重に調べていった。

扉のない小屋に侵入すると、何の肉かわからない塊をむさぼり食うオークがいた。背後から近づき、ためらいなく首筋に短剣を突き刺す。オークはピクピクと短く痙攣して、やがて動かなくなった。


オークジェネラルが居座っているであろう、大きめの小屋以外全て回り終えた。

首の後ろから一突きで殺しているから、血の匂いで異変を察知される事もないだろう。けれど念のため、仕留めたオークは全てアイテムボックスの中に入れてある。

大きな小屋からは、荒い鼻息が聞こえてくる。

僕とカエデは、ハンドサインでお互いの狙う獲物を確認、仕掛けるタイミングを見計らって小屋へ侵入する。

小屋の中には、オークジェネラル一体、普通のオークが三体、オークリーダーが二体いた。

僕とカエデは普通のオークから仕留めにかかる。もう血の匂いの心配をする必要がなくなったので、僕はオークの首を短剣で掻き切った。

その隣では、カエデがオークの首を糸で切り落とした。派手に血が噴き出して、二体のオークが倒れる。

「ヴゥフォォォーー!!」

突然、喉から血を噴き出して倒れるオークと、首が転げ落ち噴水のように血を噴き出すオークに、小屋の中は騒然となる。

オークジェネラルが雄叫びを上げ、部屋の隅に置かれてあった大斧を取る。

オークジェネラルが大斧を担ぎ上げて振り返った時、僕とカエデは残ったオーク一体とオークリーダー二体を切り捨てたところだった。

「ヴゥフォォォーー!!」

オークジェネラルが怒りの咆哮を上げる。

身長3メートルを超える巨体のオークジェネラルが、冗談のように巨大な大斧を、粗末な小屋の中でフルスイングすると、小屋はバラバラに崩壊した。

僕とカエデは巻き込まれる前に脱出する。

バキャァァーーン!!

木の破片を撒き散らしながらも、オークジェネラルが苛立ち咆哮する。

オークジェネラルは百体程度の群れを統率する個体にしては、思った以上に強い気配を醸し出していた。

「だけど、今更だよな」

「ドラゴンに比べるとねぇー！」

僕とカエデは、二手に分かれて駆け出した。

26　既に敵ではありませんでした

僕達目掛け、横薙《よこな》ぎに大斧をスイングするオークジェネラル。その一振りで大木でも切り倒せそうだけど——

僕とカエデは、それを余裕を持って避ける。

人間の雌を犯せると心待ちにしていたところに、僕とカエデが現れ、部下を全員殺されたオークジェネラルは怒り狂っていた。

まるで狂戦士の如《ごと》く、大斧をめちゃくちゃに振り回す。

「やっぱりな。魔大陸とか竜種のダンジョンとか、極めつけが死《し》の森《もり》での素材採取……ここのところハードな戦いが多かったからか、オークジェネラル程度のスピードじゃ、アクビが出そうだな」

「マスター、コイツ、図体《ずうたい》ばかりで弱っちいの」

カエデもオークジェネラルが振り回す大斧をスイスイと余裕を持って躱《かわ》している。

オークジェネラルは、攻撃が僕達に掠《かす》りもしない事に、だんだんとイラつきを募らせていく。

「ヴゥフォォォォー‼」

イラつきが極限に達したオークジェネラルが、大斧を大上段に振り上げ、僕へと派手に振り下ろす。

もうこの辺でいいかな。そう思った僕は、迫りくる大斧を棒立ちで待ち受ける。

「ヴゥフォ⁉」

オークジェネラルの戸惑いの声が漏れる。

それもそうだろう。一回り以上も小さな僕が、オークジェネラルが振るった大斧を片手で簡単に受け止めたのだから。

垂直に振るった大斧で、僕を容易く真っ二つにする事が出来ると思っていたんだろうね。

3メートルを超えるオークジェネラルに比べれば、僕とカエデははるかに小さい。身長差だけでなく、幅も体重もその差は明らかだ。オークジェネラルが困惑しているのはよくわかる。

大斧を両手で押し込もうと、鼻息荒く力《りき》むオークジェネラル。

村で多くの人達が殺されてしまった、その元凶《げんきょう》である彼には、その報《むく》いを受けてもらわないとね。

「分解！」

僕が錬金術を使うと、大斧が粉々に砕け散った。オークジェネラルはバランスを崩して膝をつき、地面に顔をぶつける。

「グゥオォ!!」

無様《ぶざま》な己の姿に余計に頭に血が上《のぼ》ったのか、怒りの声を上げて起き上がろうとしたオークジェネラル。

だが自身の異変に気が付き、焦り始める。

いつの間にか、カエデの捕縛糸がオークジェネラルの身体の自由を奪っていた。カエデが嬉しそうに言う。

「無理だよ。ドラゴンでも簡単には切れない糸だからねー」

「カエデの糸から逃れようなんて、オークキングでも難しいからね」

僕はゆっくりと腰から剣を抜くと上段に構え、そして告げる。

「お前達が人間を食料や苗床にする以上、僕達は決して相容《あいい》れない」

ザンッ!

丸太のように太い首が地面に転がった。

「ふぅ、回収して戻ろうか」

「うん! カエデ、集落の建物をバラバラにするね!」

「そうだね。森の中だから火属性の魔法で焼き尽くすわけにはいかないから、カエデにお願いしようかな」

「任せてなのマスター！」

集落をこのままにしておくと、ゴブリンやコボルト、オークがまた棲みつくかもしれない。跡形もなく壊してしまうのがいいだろうな。

僕はオークジェネラルの死体をアイテムボックスに回収したあと、小屋の残骸からオークとオークリーダーの死体も回収する。

集落に残っていたオーク、女の人達を攫って戻る途中に倒したオーク、最初に村で暴れていたオーク、それらを合わせると百体近くになるはずだ。まるっと村人にあげて、村の復興に役立ててもらおう。

僕が集落から離れると、カエデが糸で集落の建物をバラバラに切り刻んだ。オーク達が建てた粗末な小屋は細かな木片に変わった。

「マスター！　終わったよー！」

「ご苦労様。みんなが待ってるから戻ろうか」

「うん！」

カエデと連れ立って森に戻ると、女の人達を助けた場所から村へ少し歩いた所で、ソフィア達と合流した。

「お疲れ様です。どうでしたか？」

「うん、問題なかったよ」

ソフィアが労いの言葉を言ってくれ、遠回しに被害者はいなかったか聞いてきたので、彼女を安心させる。

「周辺の警戒は、僕とカエデに任せて。彼女達のフォローをお願いね」

「はい、お任せください」

もう少しでオーク達の苗床にされるところだった女の人達のケアは、同じ女性のソフィア達に任せた方がいいだろう。

全員転移で村まで運べれば簡単なんだけど、流石に大っぴらに使うわけにはいかない。

その後、攫われた女の人達に自分の足で歩いてもらったので、村に戻った時には日が暮れかかっていた。

27 とりあえず手の届く範囲で

僕らが村に戻った時、怪我人の治療はアカネが済ませ、亡くなった人達の埋葬《まいそう》もタイタンのおかげで終わっていた。

村の村長が出迎えてくれる。

「皆様、このたびは我らの村を救っていただき、攫われた女達まで取り戻していただき、感謝の言葉もありません」

深々と頭を下げる村長を、僕は慌てて止める。

「頭を上げてください。たまたま通りかかっただけですから」

「いえ、あなた方がいなければ、村は壊滅していたでしょう。村の女達は、死ぬよりもつらい目に遭っていたでしょうし」

村長の周りに村人が集まってきて、みんなその場に膝をついて、土下座でもしそうなくらいに感謝の言葉を言い始める。

「皆さん、落ち着いてください！　とりあえず立ってください！」

何とか立ってもらい、ふと気が付く。

オークの群れに襲われ、死人も出たからかもしれないけど、村人達はみんな覇気《はき》がないというか、元気がないというか……それに痩《や》せた人が多いな。

村の中を見渡してみると、畑の面積は広くない。狩猟で得られる獲物を合わせても、生きていくのはギリギリなんだろう。

そこで、さっき考えたオークの死体を提供する案を、メンバーに相談してみる。

「いいんじゃない。今更私達がオークの肉や素材を売ってお金にするのもなんだしね」

「はい、素晴らしい考えだと思います」

アカネもソフィアがそう言い、他のみんなも賛成してくれた。

「ありがとう。その方向で話してみるよ」

早速、オークの素材提供を申し出ると、またもや土下座せんばかりにお礼を言われる。僕の予想通り、この村の食事情は良くないそうで、特にシドニア崩壊後は酷いらしい。

「とりあえずオークを解体しましょう。倉庫も作った方がいいな。凍らせてもそんなに長く保存出来ないから、干し肉に加工する必要もあるね」

「タクミ様、落ち着いてください。村長がどうしていいのか戸惑っていますよ」

やる事を色々と挙げて暴走しかけた僕を、ソフィアが止めてくれた。確かに村長はポカンとしているね。

「ま、先ず、僕は倉庫を作るから、みんなはオークの解体をお願い」

「はーい！」

「はいであります！」

マリアとレーヴァが元気よく返事して、早速オークの解体に取りかかる。オークの死体の数が多いので、村の人達も自主的に手伝い始めてくれた。

「さて、その間に倉庫だな」

村長に倉庫を建てても邪魔にならない場所を教えてもらい、そこに一気に倉庫を作り上げる。

地下一階、地上二階建ての石作りの頑丈な倉庫をあっという間に完成させると、またしても村長は口をポカンと開けて、呆然と立ち尽くしていた。

地下室は魔法で氷を敷き詰め、氷室《ひむろ》のようにしてみた。これでしばらく肉の保存が出来るだろう。

村の広場では、オークの解体がマリア達と村人総出で行われている。フェリルやセル、グロームは何体かオークをもらってお食事タイムだ。

そこに、何とか復活した村長がやって来た。僕は村長に告げる。

「換金出来る素材は、村の復興に役立ててください。身内を亡くした人達には特に手厚く」

「わ、私どもにはありがたいお話ですが、本当によろしいのですか？」

「構いませんよ。冒険者ギルドのある場所まで行く必要がありますから、その道中は気を付けてくださいね」

「重ね重ねありがとうございます」

また村長が土下座しそうになったので、慌ててやめさせる。それから僕は、追加のオークをアイテムボックスから取り出して並べていった。

村長が感激しながら言う。

「これで村も助かります。この肉を近くの村に分けてもいいでしょうか？」

「問題ありませんよ。干し肉にしても、この村だけで消費するのは難しいでしょうからね。それに、提供した素材や肉をどう利用するのかは村の自由ですから」

ドンッ！

最後にオークジェネラルの死体を取り出すと、今日何度目になるのか、村長は目を見開き口を開けたまま、気絶してしまった。

換金素材と肉に仕分けしていく。多すぎる肉は、村人が総出で干し肉に加工する。僕も加工を魔法で手伝う。乾燥・熟成させるくらいなら簡単だからね。

解体は夜遅くまで続けられた。それと並行して、マリアやマーニがオーク肉で炊き出しを大量に作っていく。

手の空いた人から食事を取り、一通り解体が終わったのは、深夜に差しかかった頃だった。

一先《ひとま》ずオークの肉と素材を倉庫に保存し、僕達は広場を借りて就寝する事にした。夜の警戒はタイタンに任せれば大丈夫だ。フェリル達もいるしね。

◇

馬車でグッスリと眠った僕が、朝日が昇る頃に起きて外に出てみると、大量の魔物の死体が積み上がっていた。

そして、褒めてほしそうに尻尾《しっぽ》を振るフェリル、ドヤ顔のセル、獲物の量を誇るかのように仁王立ちするタイタン、我関せずとその肩に止まるグロームがいる。

そこへ、誇らしげなツバキがやって来て言う。

『マスター、この付近の危険な魔物は全て狩っておきました』

「……う、うん、頑張ったね」

何も言えなくなる僕。仕方なくフェリル達も撫でて労っておく。

「あら、フェリル達が狩ってきたの？　流石私のフェリルね。エライエライ」

「おお、セルは賢いでありますなー！」

起きてきたアカネとレーヴァが、自分達の従魔を褒め倒している。あんまり褒めると野営するたびに同じ事をしそうで怖い。

ソフィアとマリアがやって来る。ソフィアが魔物の死体の山を見て呟く。

「これは……出発が延びそうですね」

「だね。この村にはオークの肉と素材が大量にあるから、これはこの先に困った村や町に泊めてもらった時に提供しようか」

僕がそう提案すると、マリアは頷きつつ意見を言う。

「そうですね。でも、村の人達にも解体のお手伝いをしてもらって、その分報酬を渡せばいいいんじゃないですか」

「そうしようか。その間、タイタンには周囲の警戒をしながら、外壁の補修をしてもらおう」

オークの襲来で、もともと碌《ろく》な外壁のなかった村だけど、それが所々で破壊されていた。

村人達の手で応急処置はされたようだけど、これじゃゴブリンやウルフ系の魔物に襲われれば、ひとたまりもない。

「こ、これは……」

流石に村の広場に大量の魔物が積み上がっていると嫌でも目立つので、村長が慌てて確認しに来た。だけど、魔物の山とそれを狩ってきたフェリル達を見て、呆然としている。

「は、ははっ、そういう事なんで、また人手を貸していただけると助かります。あ、当然報酬はお支払いしますので」

「…………」

何がそういう事なのか、僕にもわからないけど、とりあえず労働力の確保は大丈夫みたいだ。

その後、村人総出で解体を行い、村長と話し合って報酬を決め、少しの魔石と魔物の素材、僕の手持ちの小麦を報酬とする事が決まった。

肉はオークの肉を含めて大量に手に入ったが、オークが暴れたせいで村の畑も荒れ、穀物の収穫に影響が出ている。その補填《ほてん》というわけじゃないけど、僕の持っていた小麦はありがたかったようだ。

結局、その日はツバキ達が狩ってきた魔物の解体に一日の大半を費やした。

夕方、更に魔物が追加されるというハプニングもあったが、それは僕のアイテムボックスにそのまま収納する事にした。いつまで経っても先へ進めないからね。

「ありがとうございます」

「「「ありがとうーー!!」」」

村人達総出の見送りを背に受けながら、僕達はサマンドール王国方向へ出発した。

その後、ツバキにすればゆっくりとした速度で駆ける馬車の中で、僕達は今後の事を話し合っていた。

「偶然助ける事になったけど、結果的には良かったんじゃないかな」

「そうですね。私達もシドニア崩壊に無関係ではありませんから」

「そうですよ。小さな子供達が苦しむのは見たくありません」

ソフィアとマリアも、あの村を助けた事は問題ないと思っている。

「私は旦那様のなさりたいようにするべきだと思います」

マーニは僕のする事に100パーセント賛成みたいだ。それはいつもの事なのでいいだろう。

そこへ、アカネが変な提案をしてくる。

「お邪魔虫の私が言うのもなんだけどさ。新婚旅行っぽくはないけど、この際、水戸黄門《みとこうもん》の諸国漫遊世直し旅って洒落込《しゃれこ》まない？」

「何だよ、水戸黄門諸国漫遊世直し旅って」

「水戸黄門って何ニャ？」

「悪い奴をやっつけて旅をする人の事よ」

アカネがルルちゃんに、適当な事を言っている。そんなわけでないじゃないか。江戸時代に諸国漫遊世直し旅なんて出来るわけない……って、そんな話じゃなくて……

「要するに、出来るだけ村や町に立ち寄って、出来る範囲で人助けするって事？」

「ザッツライト！」

「……その通りって事ね。はぁ、まあどうせ村や町には立ち寄るんだから、そのついでに少しだけ人のためになるならいいか」

今も馬車の外では、フェリル、セル、グロームが街道周辺の魔物を狩っては運んでくる。

それをいちいち止まって回収するのがもの凄い面倒なんだけど、これもフェリル達のストレス発散と思えばいいのかな。

28 ハブられた交易国

シドニア神皇国内を通過してサマンドール王国へ向かう旅路は、思った以上に波乱に満ちていた。

オークの群れに襲われていた村を救助したあと、近くにあったオークの集落をサクッと潰し、被害を受けた村にオークの肉や素材を提供した。

その後、途中に立ち寄った村や町の周辺の魔物を、ストレス解消がてら討伐し、冒険者ギルドがある町では素材を買い取ってもらい、食料の余裕がない村には余った肉類を提供しながらのんびりと進んだ。

まあ、自己満足と少しの罪悪感。シドニア神皇国に直接引導を渡したのは僕達だからね。

そんなこんなで、僕達はシドニア神皇国とサマンドール王国との国境を越えた。

サマンドール王国は、大陸の各国との交易で成り立っている国だからか、シドニアとの国境を越えるにも煩わしいチェックなどなく、簡単な身分証明を確認するだけで入国出来た。

僕達はサマンドール王国の港町を目指して進む。

◆

サマンドール王国は交易国だ。この大陸唯一の港を持ち、魔大陸へも船を出し、交易を行っている。

大陸では現在、トリアリア王国が版図《はんと》の拡大を図る事に積極的で、バーキラ王国、ロマリア王国、ユグル王国と戦争状態にあるが、サマンドール王国はどちらの陣営とも等しく交易を行っている。

過去には、シドニア神皇国から資金と人材のサポートを受けたトリアリア王国がユグル王国とバーキラ王国と戦争していたが、その時もこの国は両陣営に物資を売って莫大な利益を上げていた。

基本的にサマンドール王国自体には、これといった産物はない。物を動かす事で、利益を得ているのだ。武具や食料を買いつけトリアリア王国へと販売する。奴隷を集めてはシドニアやトリアリアへと販売し利益を上げる。いわば、サマンドール王国は巨大な商会だと言えるだろう。


サマンドール王国の有力貴族家の一つ、ボターク伯爵家の当主ゴウル・フォン・ボタークは、書類をチェックしながら苛立っていた。

「チッ、トリアリアも案外だらしない。版図拡大どころか、縮小しそうではないか」

「五十数年前と先年と、二度にわたる戦争で疲弊してしまいましたから……」

ゴウルの側に立つ、家宰の老人が言う。

「五十数年前のユグル王国への侵攻は失敗したとしても、それほどの損害はありませんでした。ですが、先年の未開地での三ヶ国との戦争では惨敗と言っていい結果です。陰ながらサポートしていたシドニア神皇国も崩壊しましたので……」

「得意先を一度に二つなくしたか。儂の儲けがなくなるではないか」

実は、五十数年前のユグル王国侵攻に関して、先代のボターク家当主がトリアリア王国のスポンサーになっていた。その目的は、エルフの奴隷を手に入れ、大陸中の貴族や豪商に売りつけて利益を得るため。

ただ、そうした思惑は外れる事になり、当時得られたのはトリアリア王国とユグル王国に販売した食料や武具の利益のみだった。

そして先年のバーキラ王国、ロマリア王国、ユグル王国の三ヶ国とトリアリア王国、シドニア神皇国の未開地での戦争。長引けばサマンドール王国としても儲けは大きかっただろうが、予想外にも戦争は一度の激突でほぼ決着する。それも、三ヶ国の圧勝というサマンドール王国として望まぬ結果だった。

「厄介なのはバーキラ王国か」

「新しい魔導具や効果の高いポーション、揺れの少ない馬車など、ここ数年我が国からの資金の流出は止まりません。貿易赤字が拡大するばかりです」

バーキラ王国の商会が販売し始めた、浄化の魔導具付き便器。当初、ゴウルは便器など売ってどうすると見向きもしなかった。高貴な貴族が扱う商品ではないと。それがどうだろう。

サマンドール王国でもその商品に飛びついた貴族の商会もあった。今やその商会は沈みゆくサマンドール王国の中でも独り勝ち状態だ。

「聖域関連に噛めなかったのも痛かったですな」

「それもこれもトリアリアが聖域を占領出来ていれば……」

聖域の産物である酒類や薬草類は、三ヶ国には少量交易されているが、その恩恵をサマンドール王国の商会が受ける事はない。

当然だ。バーキラ王国やロマリア王国もバカではない。シドニアやトリアリアの背後にサマンドール王国がいた事に、気が付かないわけがないのだから。なお、シドニアの復興事業にも噛めるわけもない。

結果、空前の好景気に沸くバーキラ王国、その恩恵を受けているロマリア王国とユグル王国、戦争で大量の武具が売れて利益を得たノムストル王国、そして舵取りを誤ったサマンドール王国、という図式が出来上がった。

そしてそれはボターク伯爵家だけの話ではなく、今までサマンドール王国で交易を行い利益を得ていた貴族達全てに当てはまる。彼らは何処かバーキラ王国やロマリア王国を下に見ていた。ユグル王国に関しては、高級奴隷の産地程度の認識だった。

サマンドール王国の商会を運営する貴族達は、今更ながら周辺各国から情報を集めようと躍起になるのだった。

何とか自分だけは損をしないようにと……

29 港町散策

サマンドール王国の印象は、何かおかしな国だなっていうのが僕、タクミの第一印象だった。その違和感が何処から来るのかはわからないけど、歪《いびつ》な感じがした。

サマンドール王国は、バーキラ王国やロマリア王国と同じように、種族間差別はないはずなのに――

「獣人族やドワーフがバーキラ王国並みにいるようだけど……」

「表情が暗いですね」

「そうなんだ」

獣人族の奴隷を見かける事には驚かない。それは、バーキラ王国やロマリア王国でも犯罪奴隷や借金奴隷は一定数存在するから。

でもソフィアが言ったように、奴隷でもない獣人族の人達の表情が暗いように見える。

「あと、途中通ってきた町でやたらと傭兵の姿を見たね」

「そうですね。その割に、領兵や騎士の姿はあまり見ませんでした」

マリアも不思議に思っていたんだろう。確かにそういう印象だった。

「そういえば、パペックさんに聞いた事があります。サマンドール王国には正規軍が少ないと」

「ひょっとして、必要な時に必要な人数の傭兵を雇う事で、正規兵の数を抑えているのか」

効率的ではあるけど……それで町や村の雰囲気に納得がいった。

傭兵は、騎士のように王や領主に忠誠を誓わない。自分達の利益が第一だ。そんな存在に国が護れるわけがない。

「種族間差別が少ないし貿易国だから、自由な気風かと思ったけど……経済格差が大きいせいで、スラムが酷いね」

「スラムは何処の国でも問題になっています。ですが、バーキラ王国やロマリア王国は未開地の開発やシドニアの復興で、人はいくらでも必要ですから、スラム街は縮小傾向にあります……」

「サマンドール王国は増加傾向にあるんだね」

ソフィアは勉強家だな。僕の護衛以外にも周辺国の状況を把握している。情報のソースは何処からなのかはわからないけど。

この国は未開地の開発に投資したりしないのかな？　その辺は国のお偉いさん達がしている事で、僕は聖域外にはほとんどノータッチだからな。まあ、戦争時に僕が作った砦は、そのまま開発拠点兼、対魔物の前線基地として使われているみたいだけど。うん、ノータッチじゃないな。

「サマンドール王国からも普通の商人は聖域の周辺まで商売に来ているようですが、貴族の経営する商会は進出出来ていないようです」

「やっぱりアレかな。節操なくトリアリアやシドニアに軍需物資を販売していた件」

「でしょうね。サマンドール王国は商売で成り立つ国ですから、ある程度理解は出来ますが、それでも気持ちの面では……」

「だよね。わざわざ聖域の近くまで攻めてくるための物資を売って、更に行軍中も何度か補給までしてたらね」

「マスター！　海の匂いがするよー！」

ソフィアと小難しい話をしていると、ツバキの背に乗るカエデが前を指差して大きな声で教えてくれた。

「おお、海だね」

「南の海もたまにはいいですね」

なだらかな下り道、その前方には白い建物が立ち並ぶ港町が見える。そして更に先には、キラキラ光る青い海が広がっていた。

「お買い物が楽しみですね。聖域のみんなにお土産買わなきゃ」

「南方のファッションも気になるわね」

「海といえばお魚ニャ」

マリアは買い物を楽しみにしているみたいだ。ノムストル王国の王都でも色々と買ったはずなんだけど。アカネは女の子らしく服を見て回るつもりのようだ。ルルちゃんは聖域を出発してから肉続きだったからか、魚料理が楽しみらしい。

「タクミ様、サマンドール王国にしかない薬草やポーション素材ってありましたっけ？」

「うーん、あまり聞いた事ないな」

「それは残念であります」

そうなんだ。魚介類はサマンドール王国の港町の名物だけど、聖域に住む僕達にはセールスポイントにはならない。聖域では人魚達のおかげで輸出出来るくらいの漁獲量があるから、当然僕達の口に入る機会も多い。レーヴァが興味を示す薬草や各種ポーション素材もサマンドール王国は、周辺国から輸入しているしね。

ツバキが目立つからか、街に入る際に多少の騒ぎにはなったけど、無事目的地のサマンドール王国南端の港町にたどり着いた。

「国自体は別にして、白い家にオレンジの屋根の街並みと青い海がとても綺麗だね」
「はい、南の海の色はまた一味違いますね」

青い空と海に綺麗な街並み、優しい海風に乗って潮《しお》の匂いがする。

うーん、気持ちいいなぁーと、上機嫌の僕達だったけど、僕はトラブルに愛されているんだろうか？　気分良くのんびり馬車を引いていたツバキの足が止まった。

30　馬鹿は世界共通

足を止めたツバキの機嫌が急激に悪くなるのがわかった。

港町ビーゼル。人族以外にも獣人族やドワーフがいて、魔大陸から来る魔族までが行き交う、賑やかで美しい街――なんだけど、どうも僕はトラブルに愛されている気がしてならない。

僕達の馬車を止めたのは、趣味の悪い派手な装飾の馬車だった。その馬車から、貴族の従者だろうか？　男が降りてくる。ツバキは街中で威圧するのは大人げないと思っているのか、ドンドン不機嫌になっている。けど、今はまだ我慢しているようだ。

そのツバキの我慢に気付かぬ愚かな男が、僕達の馬車に怒鳴ってくる。

「この馬車の持ち主！　ただちに出てきて姿を見せろ！」

往来の邪魔をしてるのはそっちじゃないか。流石の僕もキレそうになるけど、ここで僕がキレると、我も我もと輪をかけてキレまくるであろうアカネや、問答無用でタコ殴りにしそうなソフィアが馬車から飛び出すから落ち着かないと。

やれやれと僕が馬車を降りると、ソフィアが僕の護衛のためにあとに続く。

「何かご用ですか？　通行の邪魔なので、早く馬車を動かしてくれませんか」

「小僧、その竜馬と馬車を我が主人に献上する栄誉を与えてやろう！　うん？　そこの女、エルフか、小僧には勿体ないな、その女も渡すがいい！」

コイツは何を言ってるんだろう。話にもならない。

「お断りします。邪魔なんで退《ど》いてください」

「小僧！　我が主人セコナル伯爵がその竜馬と馬車を所望しているのだ！　大人しく差し出せ！」

「ツバキは僕の従魔で大切な仲間です。あなたの主人が何者でも譲る気はありません。馬車も自分で作った特製の馬車です。一般に販売するのはバーキラ王に止められてますから、問い合わせはバーキラ王家にお願いします」

バーキラ王の名を出しても、年若い僕を見下すこの男は止まらない。

「ごちゃごちゃ言わずに従え！」

「お断りします」

大通りで絡まれているので、いつの間にか多くの野次馬《やじうま》が集まってきてしまった。

すると、趣味の悪い派手な馬車から、いかにもお金がかかっていますって感じの豪華な衣装に身を包んだ男が降りてきた。

「モリッチ、いつまでグズグズしておるのだ。まだ話がつかんのか！」

「旦那様、世間知らずで生意気な小僧で難儀《なんぎ》しております」

この男がセコナル伯爵本人なんだろうか。

「うん、おお！　エルフの女を連れておるのか！　小僧！　その女を寄越せ！　儂が適正な値段で買ってやろう！」

「お断りします。彼女は僕の妻ですから」

こんな男が伯爵？　この国は大丈夫なのか？

「小僧！　伯爵である儂に逆らうのか！」

伯爵を護衛していた騎士達が、ガチャガチャとフルプレートメイルの音を立てて、僕の左右に展開する。

「はぁ……」

思わず深い溜息を吐く。主人の命令なのかなんだか知らないけど、街中で剣の柄を握って威圧する騎士達も馬鹿ばっかだ。

そんな重い空気の中、声をかけてきた人がいた。

「おお！　こんな所で会うとは。久しぶりではないか！」

「陛下、お一人で先に行かないでください！」

溢れるばかりの色気を振り撒き近づいてくるのは、魔大陸の玄関口アキュロスを治めるサキュバス族のフラール女王だ。そのあとを、リュカさんが慌てて追いかけてくる。更に、護衛の兵士も連れているみたいだな。

「おお！　アキュロスのフラール女王陛下ではないですか。わざわざご挨拶に来ていただかなくても……」

セコナル伯爵だったっけ、その伯爵がそう言いかけたのを、フラール女王が手を上げて制す。

「うん？　貴殿は誰だったかな？　生憎《あいにく》と記憶にないな。勘違いしているようだが、私が挨拶するために声をかけたのは、そこにいるイルマ殿だ」

「へっ？　この小僧とフラール女王陛下がお知り合い？」

追いついてきたリュカさんが僕達を見つけて話しかけてくる。

「おお！　イルマ殿にソフィア殿ではないですか！　お久しぶりですね。お元気そうで何よりですって……陛下、勝手に一人で先に行かないでください！　ただでさえ陛下の我儘《わがまま》で馬車を使わず街を散策しているというのに」

相変わらずフラール女王はフリーダムなようだ。そして、リュカさんは相変わらず苦労しているんだな。

「それで何故こんな所でイルマ殿が？　何か揉めていたようだが？」

「いや実は……」

「フ、フラール女王陛下！　儂は急用があるので、こ、これで、失礼する！」

僕がフラール女王に事情を話そうとした時、急に慌て出したセコナル伯爵が馬車に乗り込み、そのまま去っていった。

「……何だったんだ」

街中を暴走気味に去っていくド派手な馬車。僕とソフィアはポカンと見つめるしかなかった。

31　女王から学ぶ

走り去る馬車を呆然と見ていた僕達に、フラール女王が話しかけてくる。

「何だ、イルマ殿はあの男と知り合いなのか？」

「いえ、絡まれていたんですよ」

「何だと！　イルマ殿に喧嘩を売るとは何処の馬鹿だ」

フラール女王がムッとして言うと、リュカさんが説明する。

「セコナル伯爵ですよ、陛下。法衣貴族《ほうえきぞく》で領地は持ちませんが、手広く商売をしているようで、少量ではありますが我が国とも取引はあります。その評判ですが……ボターク伯爵と並ぶサマンドール王国二大馬鹿貴族と認識していますね」

ボターク伯爵がどういった人物なのかはわからないけど、セコナル伯爵と並ぶとリュカさんに認識されているなら、碌なものじゃないんだろうな。

僕がそんなふうに思っていると、フラール女王が提案してくる。

「立ち話もなんだ、私達の宿泊するホテルに来ないか。宿は決まっているのか？」

「いえ、これから探そうと思っていたところです」

続いて、リュカさんが言う。

「なら、私達が確保している部屋をお使いください。私達はツーフロア借りていますから、空き部屋をいくつ使っていただいても大丈夫です」

ソフィアやアカネに相談すると、是非お世話になろうという事になった。その後、フラール女王の護衛の兵士を含めて、僕達の馬車でホテルへ向かった。

フラール女王とリュカさんは、馬車の内装や空間拡張された空間を見て驚き、また走り出した馬車の揺れの少なさに感動していた。

そういえば、魔大陸では馬車の出番はなかったな。

「……凄いなリュカ。我が国でもこの馬車が欲しいぞ」

「陛下、これはイルマ殿の従魔である竜馬あっての馬車でしょう。同じ物は難しいと思いますよ」

「むぅ、確かに地竜《ちりゅう》あたりに引かせないと無理か」

僕は話し込む二人に言う。

「サイズを抑えた馬車なら作れますよ。一応、バーキラ王国に問い合わせてからになると思いますが、まあ、大丈夫でしょう」

「そうか、ラプトル二頭引きで収まる馬車を発注するか」

「陛下、国へ戻って会議にかけてからですからね」

「むぅ………」

リュカさんに、国の予算で購入する物だからすぐには無理だと言われ、頬を膨らませてむくれるフラール女王。色っぽいお姉さんタイプのフラール女王がすると違和感があるね。

ホテルに到着する。小さいとはいえ魔大陸の一国を治める王が、自ら訪れ宿泊するホテルはとても豪華だった。

そのホテルのツーフロアを貸し切りにしちゃうというのも凄いな。アキュロスの人達は、護衛や従者を含めて大人数で宿泊しているのだけど、部屋には結構余裕があるみたいだ。

僕達は、二部屋ほど融通してもらった。


部屋に落ち着いてゆっくりしていると、フラール女王とリュカさんが護衛を連れずに遊びに来た。

ホテル全体が警護されてるから、護衛なしでも大丈夫なんだとか。

それ以前に、強者が王になるのが常識の魔大陸で国を治めているフラール女王は、単体でも過ぎた戦力だからね。

僕は、フラール女王に部屋のお礼を言う。

「先ほどはありがとうございました」

「なに、イルマ殿とはこれからも交易で世話になるからな」

「そうですね。セコナル伯爵に絡まれたのは災難でしたね。あの方ほど愚かな貴族も珍しいですが、もう大丈夫だと思います」

マリアの淹れたお茶を飲んで、フラール女王達と雑談する。

「この国は少し変なのよ。王の力が弱いっていうか、貴族や商人の力が強いというか」

「そうですね。力こそ全ての魔大陸の国々では信じられないですね」

フラール女王に続いて、リュカさんが言った。

「へぇ～、でもそれで上手くいってるんですよね」

王の力が弱い封建制度って……どちらかというと資本主義に近いんじゃないかな。それはないか。歪《いびつ》な封建制度って感じか。

サマンドール王国は交易で栄えている国だ。交易を重視しているのは、バーキラ王国とロマリア王国がトリアリア王国と戦争している間も、両陣営に物資を売りつけていたあたりを見ても、徹底しているのだと思う。

「だが、最近サマンドール王国の交易に陰りが見えてきてな。そのせいでセコナル伯爵やボターク伯爵は、焦りと苛立ちでおかしくなっているのだろう」

「陛下、あの二人は元から頭のおかしな屑《くず》でしたよ」

酷い言われようだな。まあでも、僕には関係ないかなと思って聞いていると、フラール女王が他人事《ひとごと》じゃないと言う。

「サマンドール王国が衰退しているのは自業自得だが、イルマ殿の影響も大きいのだぞ」

「えっ？　そうなんですか？」

そこへ、ソフィアが口を挟む。

「タクミ様、今のサマンドール王国はバーキラ王国やロマリア王国から購入する物は多いのですが、販売する物がほとんどありません」

ソフィアの話では、サマンドール王国は、トリアリア王国との戦争中、ノムストル王国から仕入れた武具や魔導具など、大量の物資を売りつけて儲けていたらしい。とりわけ塩は主力商品で、他の国でほとんど生産されないのを良い事に、高額で販売していたとの事。

ところが、政情の変化によって経済の流れが変わってしまう。トリアリア王国が戦争でボロボロに負け、他国に侵攻するどころじゃなくなったのだ。更に、高級な嗜好品《しこうひん》を大量に購入していたシドニア神皇国が崩壊。バーキラ王国とロマリア王国は戦争が当分なくなった事で、軍需物資をほとんど輸入しなくなった。

僕は思いついて口にする。

「あっ、聖域産の塩をバーキラ王国とロマリア王国、ユグル王国に売ってるね」

「そうです。安価で高品質な聖域産の塩が大量に出回ったため、サマンドール産の高くて品質の低い塩は駆逐されつつあります」

「……僕のせい？」

あの馬鹿貴族、僕の事を知ってたのかはわからないけど、イライラの原因は僕だったみたいだ。

32 海水浴

フラール女王やリュカさんと情報交換をして、その日の夕食もご一緒した。

まあ、色々と情報を得たけど、サマンドール王国の貴族がどうとか、国が衰退気味だとかなんて僕には関係ないんだよね。


という事で次の日、僕達は宿泊しているホテルのプライベートビーチに来ていた。

この世界、サキュバスのフラール女王の衣装を見てわかるように、水着のような物は存在する。

だから僕達が水着を作っても大丈夫という事で、カエデ、アカネ、マリアが熱心に取り組んで、様々な水着を作り上げていた。

ソフィアはブルーのセクシーなビキニ。メリハリのあるボディに三角ビキニは目に毒だ。

マリアは可愛らしい赤いビキニなんだけど、元気な彼女によく似合う。

マーニは黒いビキニで、今にもバストがこぼれそう。セクシーな大人の女って感じだ。

レーヴァは黄色いワンピース。スレンダーなスタイルによく似合っている。

アカネは白のビキニにしたようだ。アカネも意外と言ったら失礼になるけど、スタイルはいい。

最近の日本人女性のスタイルも良くなったなぁと、アラフォーのおじさんの気持ちで見てしまう。

ルルちゃんは何故か紺色のスクール水着を着ている。わざわざ胸に名前まで縫い付けているあたり、アカネの仕業だろうな。

カエデは下半身が蜘蛛《くも》なので、上半身の胸の部分だけ隠すチューブトップのような水着を着ている。

アカネやルルちゃんとレーヴァが、波打ち際で遊んでいる。

そして何故かビーチチェアに座って、トロピカルな飲み物を優雅に飲むフラール女王とリュカさんがいる。

ちなみに、フラール女王とリュカさんが着ているのも、カエデ達の作った水着だそうだ。フラール女王なんて、普段が水着みたいな服装なので、むしろ隠す面積が増えているような気がする。

フラール女王とリュカさんが話している。

「カエデ殿とマリア殿達の作った水着はいいな」

「そうですね。ホテルやこの街で売っている水着は、ダサくて着られたものじゃありませんものね」

この世界では、日本でもひと昔前にあったような、半袖で膝丈の服のような水着が主流だ。流石にアカネはそれは着たくなかったので、可愛い水着を着るために頑張ったそうだ。

リュカさんはハイレグのワンピースタイプの水着を着ている。鬼人族のリュカさんも、サキュバスのフラール女王ほどではないが、普段の服装は露出度が多めだ。

僕はリュカさんに尋ねる。

「よく水着が間に合いましたね」

「アカネ殿が色々なデザインの水着を余分に作っていたそうです」

なるほど。それはそうと、フラール女王とリュカさんがビーチチェアで寛ぐ側《そば》に、護衛の兵士が

るる

立っているのがとても気になる。その状況で寛げるのは流石女王だ。

僕達もビーチチェアに寝転んでのんびりする。

レーヴァが開発した日焼け止めを、ソフィア、マリア、マーニの背中に塗ったり、交代で僕は三人から塗られたりする。

そんなふうに新婚らしくイチャイチャしていると、何故かフラール女王にジト目で見られた。僕は照れ隠しするように言う。

「は、ははっ、フラール女王とは結婚式以来でしたよね。実は記念になればと思って、ノムストル王国へ旅行してたんです。それで帰る途中、せっかくだからサマンドール王国に寄ってみたんですよ」

「まあ！　新婚旅行とは面白いですね！」

「ははっ、ありがとうございます」

「グヌゥゥ……」

リュカさんと談笑していたら、あれ、フラール女王の様子が変だ。

「リュカさん、フラール女王陛下の様子がおかしいんですが……」

「無視して問題ありません。いつまで経っても伴侶《はんりょ》を見つける事が出来ない行き遅れの陛下が、ただ単に嫉妬しているだけですから」

「行き遅れって言うなーー!!　私だって結婚したいわぁ！」

フラール女王が叫んでいても、リュカさんは涼しい顔で聞き流している。

「魔大陸の各国の状況をご存知のイルマ殿ならわかると思いますが、魔大陸の男は力こそ全ての脳筋ばかりです。中にはガンドルフ王のように知性的な方も稀《まれ》におられますが、だいたいは獣王のような方々です」

「えっと、フラール女王は脳筋がお嫌いなんですか？」

僕がそう問うと、フラール女王が声を上げる。

「そうよ！　脳味噌まで筋肉で出来てるような男は嫌なのよ！　アイツら何を決めるのにも闘いで白黒付けようとするのよ！」

まあ、そうだよな。賢王《けんおう》とか言われている獣王にも会ったけど、普通に戦闘狂だったもんな。

「サキュバス族は寿命が長いのですが、流石に陛下も最近焦っておられるようで」

「焦ってなんかないわよ！　まだまだ私は若いのー！」

リュカさんの話では、婚姻の申し込み自体は各国の有力者からひっきりなしに来ているらしい。

だが、フラール女王のお眼鏡《めがね》に適《かな》う人はなかなかいないそうだ。

「魔大陸は一番強い人が王です。陛下は自分よりも弱い男は嫌だと言ってたのですが……」

「そんな事を言っていたら、他の魔大陸の国の王くらいしかいないんじゃないですか？」

フラール女王の戦闘力は非常に高い。それこそ間合いが遠ければ、魔法の得意なフラール女王は、魔大陸にある六ヶ国の王の中では一番強いかもしれない。

ちなみに、その国で一番強い者が王となる魔大陸の各国だけど、実はほぼ世襲《せしゅう》と変わらないらしい。

強い者が尊敬される国では、一番強い王の伴侶にも強い者が選ばれる。そうして優秀な遺伝子を受け継いでいくのだから、王の血族が強者になってしまうのは不思議な事じゃないのかもしれない。

その後、僕は波の音を聴きながら、同時にフラール女王の魔大陸の男の愚痴を聞かされ続けるのだった。

33　人の欲は果てしなく

やっと僕のイメージする新婚旅行らしくなってきた。

まあ、頻繁にフラール女王とリュカさんが訪ねてきて、お茶を飲みながら愚痴を聞かされるのは予定外だけど。

フラール女王がサマンドール王国に来ているのは、当然僕達のように観光なわけがなく、お仕事だ。

魔大陸では、魔石を始めとする魔物素材などが、処理に困るくらい手に入る。それをサマンドール王国に売りつけ、大陸各国に販売しているのだ。

もちろん、僕らの大陸でも魔石や魔物の素材は冒険者ギルド経由で手に入れられるんだけど、魔大陸には竜種が通常敵として出現するダンジョンがあるくらいなので、質が全然違う。

ただ、サマンドール王国での交易は右肩下がりなんだとか。

これも、僕にも関係あるんだけどね。

実は、魔大陸と距離的に遠いにもかかわらず、聖域はアキュロスと交易している。

何せ、うちには巨大な魔導戦艦オケアノスがある。サマンドール王国に距離的なアドバンテージがあるといっても、サマンドール王国の木造帆船と僕のオケアノスでは、積載量に差があるだけでなく、航行速度が天と地ほどの差がある。

魔大陸での一連の出来事はシドニア絡みな事もあって、一応ボルトン辺境伯に報告してあった。

バーキラ王国でも、サマンドール王国が魔大陸と交易している事は多少知られているんだよね。

それでボルトン辺境伯から、魔大陸の品質の良い魔石や魔物素材を何とかならないかとお願いされたのでフラール女王に聞いてみたところ、交易の相手が増えるのは大歓迎だと言われたんだ。

そんな経緯があって、アキュロスからは魔石や魔物素材の他、胡椒《こしょう》などの香辛料を輸入し、バーキラ王国からは穀物や鋼鉄製の武具、魔石や魔物素材を加工して作られた魔導具などを輸出している。

それに加えて、バーキラ王国の同盟国であるロマリア王国と、聖域を通じて関係が改善傾向にあるユグル王国も、聖域経由でアキュロスと取引し始めたから、サマンドール王国との交易量が減少している。

その辺は自由競争だから、僕のせいじゃないよね。

◆

とある豪邸に、ゴテゴテとした派手な装飾がなされた馬車が到着する。

従者が扉を開け、その馬車から降りてきたのは、昨日街の大通りでタクミから逃げるように立ち去ったセコナル伯爵だった。

「おかえりなさいませ、旦那様」

「うむ、何か変わりはないか？」

出迎えた家宰の男に、留守中の事を問うセコナル伯爵。彼は法衣貴族のため領地経営をしていない代わりに、手広く商売をするだけでなく、国の財務官僚としての仕事もしていた。

「ボターク伯爵から手紙を預かっています」

「うん？　ボターク卿から？　また何か儲け話かもしれんな。まあいい、妻達は？」

「ご婦人方のお茶会に出掛けています」

「またか……」

セコナル伯爵の顔が苦いものになる。セコナル伯爵の妻は、サマンドール王国の財務系有力貴族から迎えた。貴族故にそこに恋愛感情などない。完全なる政略結婚なのだが、お互い不満はなかった。貴族の婚姻とはそういうものだ。貴族の家に生まれた女や三男以下の男の子供は、駒《こま》でしかないのだから。

セコナル伯爵夫人は、多くのサマンドール王国貴族の妻がそうであるように、日々パーティーやお茶会に出掛ける。そのため、身を着飾るドレスやアクセサリー代にお金が飛んでいく。セコナル伯爵主催のパーティーも定期的に開く必要もあり、ここのところ商売が上手くいっていないセコナル伯爵にとって痛い出費だった。

自室で重要な決済の書類に目を通したあと、彼はボターク伯爵からの手紙を読む。セコナル伯爵が家宰に手紙を渡すと、家宰が声を潜めて言う。

「……ボターク伯爵の商会も厳しいようですな」

「ああ、シドニアの復興事業に参入出来なかったのが痛い」

「まあ、戦争時には両陣営に物資を流していましたから……仕方ないかと」

そこでセコナル伯爵は唐突に話を変えた。

「……そういえば、ボターク卿は闇ギルドと繋がりがあったな」

「はい。人数は少ないですが、腕の立つ組織だったと記憶していますが……それが何か？」

家宰の問いに、嫌らしい笑みを浮かべるセコナル伯爵。

「なに、ボターク卿に儲け話を持ちかけようと思ってな」

「儲け話ですか？」

「ああ、王族でも持っていない馬車とそれを引く竜馬。それと、儂でも初めて見る美しさのエルフを見つけてのう」

「…………」

家宰の男は、溜息を吐きたくなるのを必死に我慢する。またこの主人は後ろ暗い手段で欲しいモノを手に入れようとしている。だが、それがいつまで通用するのか――

家宰の男には、主人が破滅へと歩んでいるようにしか思えなかった。

セコナル伯爵が呟く。

「……闇ギルドと、念のため傭兵を雇って、国境付近で襲わせるか」

目当てのエルフであるソフィアは、フラール女王達が宿泊している海岸通りの高級ホテルに泊まっている事がわかっている。流石に王族御用達のホテルやその周辺で襲撃するのは愚策《ぐさく》だろう。

「ボターク卿の取り分をどうするか……」

セコナル伯爵は、既にツバキと馬車、それにソフィアを手に入れられるつもりでいた。それが取らぬ狸《たぬき》の皮算用《かわざんよう》になるなど、頭の隅にも浮かばない。

「ボターク卿と内密に会合出来るよう調整してくれ。出来るだけ急げよ」

「……かしこまりました」

家宰の男は深々と頭を下げて部屋を退出した。

その後、セコナル伯爵は迅速に動いた。悪巧《わるだく》みや金儲けになるとフットワークが軽い男だった。

そして、それはボターク伯爵にも言える事だった。

◆

深夜、港湾地区の倉庫で、セコナル伯爵とボターク伯爵が密《ひそ》かに会合を開いている。

貴族家の当主二人が、このような場所で密会するなど本来ならあり得ない。だが、それが悪巧みや謀略《ぼうりゃく》の類《たぐい》であれば話は別だ。伯爵自身が足を運んでいるのは、それだけ外へ情報が漏れるのを警戒しているという事の表れである。

ボターク伯爵が声を潜めて尋ねる。

「セコナル卿、ここで会合となると裏の仕事かな？」

「儲け話だ。ただ、少々手荒《てあら》な手段が必要になる」

それを聞いて、ボターク伯爵がニヤリと笑う。

荒事《あらごと》はボターク伯爵の得意とするところ。盗賊に見せかけての襲撃から、人知れず行う暗殺まで、自分の儲けのためなら、彼は手段は問わない。

「……それで儂に話を持ってきたのか。人一倍金に執着しておるお主が、わざわざ儂に話を持ってきたという事は、厄介な相手か？」

「なに、儂の調査で、ただの平民に過ぎない事がわかっておる。ただし、アキュロスのフラール女王と親しいのは間違いない」

それを聞いたボターク伯爵が少し黙り、ゆっくりと口を開く。

「ふむ、それでそのターゲットが金になると?」

「ああ、見た事もない迫力の竜馬と、王族でも持っていないだろう馬車を持っておった。あの馬車だけでも白金貨何百枚になるかわからん」

「ほぅ……竜馬とは珍しい。確かに竜馬ならいくら払っても欲しがる者はいるだろう。その竜馬が引く馬車なら、普通ではないのだろうな」

ボターク伯爵は乗り気だった。

というのも、儲け話以上に過去の因縁《いんねん》を感じたからだ。

トリアリア王国がユグル王国へ侵攻した五十数年前、ボターク伯爵はまだ子供だったが、先代のボターク伯爵は、トリアリア王国に対して表に裏に援助していた。目的は、エルフの奴隷を手に入れるため。だが結局、その侵攻は結果的に痛み分けに終わり、先代のボターク伯爵はエルフの奴隷を手に入れる事が出来なかった。これによりボターク伯爵家は、戦争で投資した損失の補填《ほてん》に長年にわたり苦労するのだ。

ボターク伯爵は思案する。

(父上が執着したエルフ……儂の手元で可愛がるのも悪くない。飽きれば売り払ってしまえば大金

に変わる……悪くない）

実は、ボタージュ伯爵のもとには、セコナル伯爵が街で揉めた情報は入っている。揉めた事自体は、往来の多い街の大通りで盛大にやらかしているので、ボタージュ伯爵でなくとも知られていた。

ただ、ボタージュ伯爵は子飼《こが》いの諜報部《ちょうほうぶ》にタクミ達の宿泊先から人数、男女構成、年齢などを調べさせていたのだ。

それで、セコナル伯爵は明かさなかったが、タクミのもとにエルフがいる事を彼は掴んでいる。また、タクミが平民なのは間違いないとの情報も。

彼らが、タクミが平民に過ぎないと思い込んでしまったのは、ここ数年話題の中心にある聖域やウェッジフォートから、サマンドール王国がハブられていたからだ。

それが、サマンドール王国の有力貴族二家が、窮地《きゅうち》に立たされる原因になろうとしていた。

密談を終えたセコナル伯爵とボタージュ伯爵は、早速暗躍《あんやく》し始める。それが自分達の破滅への一歩だと思いもしないで……

34　バレバレなんだけど……

青い海、真っ白な雲が流れる青い空。僕、タクミはのんびりとビーチチェアに寝転び、トロピカルドリンクを飲む。

（う〜ん、最高だな…………おかしな奴らがいなきゃ）

僕達は、この街に到着して早々に頭のおかしな貴族に絡まれた。たまたまフラール女王と遭遇して相手が逃げ去ったものの、この高級ホテルにチェックインした少しあとから、どうも僕達を監視してる奴らがいる。

「ねえねえマスター、やっつけなくていいの？」

「大丈夫だよ。多分、この街にいる間は襲ってこないと思うから」

間諜《かんちょう》らしき気配を察知したカエデが僕に聞いてきたけど、今はまだ放置の方針でいいと伝える。

「だいたい十人くらいでしょうか。数時間ごとに交代しているようですね。本当に愚かな……」

「きっとあの馬鹿貴族ですね」

ソフィアとマリアも辛辣だ。

僕達は全員、気配察知スキルや索敵スキル、魔力感知スキルなどを持っているから、サマンドール王国の貴族が送り込む間諜程度じゃ、僕達から隠れるなんて無理なんだよね。

「きっと国境付近で襲ってくるわよ」

「返り討ちにするニャ」

面倒そうにしているアカネとは違い、ルルちゃんは何故か嬉しそうだ。

以前、闇ギルドの襲撃を受けてから、僕達は間諜や暗殺者への対応を相談し合った。それで、装備の見直しをして、身を守る技術を磨く事にしたんだ。

その結果、僕達の索敵能力、気配察知能力、魔力感知能力は鍛えられ、凄腕《すごうで》の間諜だとしても、僕達に気付かれず近づく事は難しいくらいになった。

当然、気配を抑える事も忘れない。強者の気を撒くのは好みじゃないし、周りを威圧したいわけでもない。だから今監視している間諜達は、僕達が高レベルの冒険者だなんてわからないだろうね。

「あと何日かで帰るけど、アイツらには少し痛い目を見てもらわないとダメだな」

「そうね。ソフィアを寄越せなんてふざけた事言う貴族には、お灸《きゅう》が必要ね」

大通りでのやり取りで、実は僕が結構怒っている事に気が付いているアカネも、キッチリとお灸を据えるべきだと言う。

転生して生まれ変わった僕と違い、日本人の女子高生のままこの世界に来たアカネ。当初、命の軽いこの世界に馴染めなかったようだけど、最近はだいぶ慣れつつあるようだ。

人の命を奪うのを忌避《きひ》するのはこっちの世界でも変わらないけど、ためらうと自分や大切な人を守れないのだ。

◆

高級ホテルのプライベートビーチで寛ぐターゲットを監視する間諜達。彼らは三交代で、夜中もホテルの部屋を見張っていた。

「あんな普通の平民に、ここまでする必要があるのか？」

「まあ、そう言うな。俺も奴らがこの街を発つ日さえわかれば大丈夫だと思うが、これも仕事だ」

間諜達はツーマンセルでタクミ達を監視していた。五チームで十人体制、三交代という大掛かりな態勢だ。間諜とは別口で、暗殺専門の闇ギルドの手の者も潜入している。闇ギルドの殺し屋は、チャンスがあればタクミを殺せという指示を受けていた。

「……何か嫌な予感がするな」

「おいおい、何だ、あんなガキ一人に怖気《おじけ》づいたのか？」

「……お前にはわからないのか？　俺のカンが、あのガキをターゲットだと認識した瞬間から警鐘を鳴らしまくっているんだよ」

暗殺者には様々なタイプが存在する。常に独りで仕事をする者、チームを組んで仕事をする者など。独りで仕事をする暗殺者でも、仕事においてはサポートメンバーの手助けを受けるのが普通だ。

今回、彼ら闇ギルドは、サマンドール王国の大物貴族から仕事の依頼を受けた。仕事の内容は、銀髪のガキ一人の殺害。そのガキの所有する馬車と竜馬、それと連れの女達を確保する部隊との合同作戦になっていた。

「どちらにしてもホテルでは無理だな」

「ああ、魔大陸の王が滞在しているホテルで決行なんて、自殺するようなもんだぜ」

プライベートビーチで遊ぶターゲットを狙うのも難しい。周囲で、女王を護衛する魔族の兵士が常に警戒している。

「魔族の兵士なんて勘弁だ。あんなバケモノ揃いが警戒する中で仕事は無理だな」

「同感だ。魔境に住む奴らの相手はしたくない」

サマンドール王国の間諜や闇ギルドの構成員は、アキュロスへ渡航した経験のある者が多い。そこで、己の戦闘力に対する自信をへし折られて帰ってくるのだ。

「なら、最初の作戦通り国境付近での襲撃だな」

「ああ、奴らが竜馬と女達を確保するのに合わせ、俺達はガキを狙う」

頷き合った闇ギルドの暗殺者二人は、見張りを交代した。現場から離れた男は組織のアジトに戻り、陽動《ようどう》の人員を増やす指示を出す。

サマンドール王国を中心に広く活動していた闇ギルドの一つ。それが壊滅寸前まで追い込まれるまであと少し……

35　さあ帰ろう

フラール女王とリュカさんに、また魔大陸で再会しようと約束した僕、タクミ。その後、長かった新婚旅行を終えて、僕らは聖域への帰路についた。色々忙《せわ》しなかったけど、後半は新婚旅行っぽい感じの日々を過ごせたと思う。

ゆっくりと走るツバキの引く馬車を、一定の距離を置き、つけて来る気配がある。

「色々いるね～」

ツバキの背に乗るカエデが楽しそうに言う。

「間諜の実働部隊と連絡係、傭兵の集団と……アレは闇ギルドあたりの殺し屋かな？」

「そうですね。暗殺専門のようですが、おそらく襲撃のドサクサに紛れてタクミ様を狙うのでしょう」

ソフィアはそう言うと表情を強張らせた。ソフィアは闇ギルドに容赦ないからな。

僕が闇ギルドの組織に襲われて以来、ソフィアを筆頭にうちの女性陣は闇ギルド関係の相手には容赦のカケラもない。あの僕を狙った梟《ふくろう》の何とか？　何だっけ……まあ、いいか。その組織はほぼ壊滅状態に追いやられたからね。

その後、僕達は村や町で宿泊しながら未開地方面へと進んだ。

ついて来る気配の数は変わらない。

サマンドール王国は聖域関連の事業からハブられた状態なので、未開地方面の街道を行く人や馬車はどんどん少なくなっていく。

「人通りが少ないのは、襲撃側に有利だとは言えないんだけどな」

「こちら側も相手を間違える心配がありませんからね」

そんな会話をする僕とソフィア。国境が近づくにつれ、僕達を追っている奴らの人数や配置がよくわかってきた。

そろそろ来そうかな。ソフィアがグロームを上空へと解き放つ。グロームは馬車の上空高くを悠然と飛んでいった。

そして、馬車がサマンドール王国と未開地との国境近くに差しかかった時——奴らの一部が、僕らの前方に回り込み、前後左右からも追手が現れた。僕らはあっという間に包囲されてしまう。

◆

セコナル伯爵とボタ一ク伯爵の私兵が、それぞれ傭兵を指揮してタ一ゲットの馬車を左右から挟むように動き出す。

闇ギルドの荒事専門の部隊が前方から街道に蓋をした。間諜達は後方で傭兵と闇ギルドの兵士が作戦通り動くかを見届ける。

姿は見せないが、闇ギルドの殺し屋が、気配を消してタクミを狙っている。

男はガキが一人だけで残りは女子供という、十人にも満たないタ一ゲット。それを襲撃するには過剰な戦力だが、馬車を引くのは竜馬だ。念には念を入れたつもりの、この作戦を指揮する男は、失敗するとは一ミリも考えていない。

男が襲撃の合図を送る。

男のガキは殺し、エルフは捕獲、残りの女は慰み物にしたあと奴隷として売る。竜馬には睡眠薬入りの餌を食べさせればいいだろう。簡単な仕事だ。

そう思って口元を歪《ゆが》めて笑った男の顔が凍りつく。


「ツバキ、この場で止まって、近づいてくる奴だけ排除！　カエデ、殺し屋以外は出来るだけ殺さない方向で！　散開！」

タクミはそう指示をすると、タイタンをツバキの側に召喚して、カエデとともに暗殺者の方へ向かっていった。馬車からはソフィア、マリアが飛び出し、その後ろから他のメンバーも続く。

作戦を指揮していた男が声を上げる。

「なっ！　バレてやがったか！　構わねえ、男は殺せ！　エルフは傷つけるなよ！」

「グゥアッ！」

「ギャアッ！」

男が指示を出した矢先、周囲で悲鳴が聞こえた。ギョとした男が状況を把握しようと見回すと、女達に襲いかかったはずの傭兵達や闇ギルドの男達がバタバタと倒れていた。

「な、何だ！　何が起こっている？」

様々な武器を手に襲いかかる男達の間を、馬車から飛び出した女達が、身体がブレて見えるほどのスピードで動き回っている。

その場に立つ者がいなくなるまで、それほど時間はかからなかった。

「……嘘だろ」

そう呟いた次の瞬間、男の意識が暗転した。


セコナル伯爵とボターク伯爵の私兵と傭兵、闇ギルドの兵士が意識を刈り取られ、カエデの糸で拘束されていた頃。

タクミは気配を完全に消し、暗殺者を返り討ちにするところだった。

「っ！　小僧の気配が消えた⁉」

「おいおい、忽然《こつぜん》と消えたぞ。どういう事だ？」

暗殺者は常に冷静であれ。そう身体に染み込むまで訓練されているはずの暗殺者が狼狽《うろた》えている。

気配を消して忍び寄り、命を刈り取るのは自分達のはずだった。

それが、ターゲットを見失う大失態。

「それに何なんだ、あの女達は！」

「あんなバケモノのように強いなんて聞いてないぞ」

馬車を襲ったはずの闇ギルドの戦闘員や傭兵が僅かな時間で倒されていくのを、呆然と見る暗殺者達。現実感が湧かない目の前の状況に、思考がついていかない。

「何としても小僧を殺さないと俺達が危ない。なあ、おい！　どうした！」

バディを組んでいた男の姿がない。気配も霞《かすみ》のように消えていた。

「うわぁぁぁぁーー!!」

とうとう非情な暗殺者の精神も限界を迎え、襲撃の結果も見ずに逃げ出した。

◇

逃げ切れるわけはないのだけどね。

僕を殺してソフィア達を売ろうとする奴らにかける情けはない。殺そうとしたのだから、逆に殺される覚悟くらいあるだろう。

男達は持ち物には、身元がわかる物は何もなかった。

僕、タクミは手早く土属性魔法で穴を掘ると、そこに暗殺者の死体を放り込み、ソフィア達のもとへと戻った。

まだ後始末が残っているからね。

36　後始末とお灸

馬車の側まで戻ると、タイタンとソフィア達が、カエデの糸で拘束されている男達を担いで一ヶ所にまとめていた。

マーニが、声をかけてくる。

「暗殺者の始末は終わりましたか？」

「マーニには誤魔化《ごまか》せないか」

「はい。旦那様から血の匂いがしますから」

流石、獣人族の鼻は凄いね。マーニは僕を責めたりするわけじゃなく、純粋に僕を気遣ってくれているだけみたいだ。

「それでどうするの、コイツら？」

アカネが、拘束されている襲撃者達を蹴飛ばしながら聞いてきた。

女の子なんだから、そういうのはやめなさい。

「闇ギルドか傭兵なのかはすぐにわかるから、名札でも付けて少し戻った所の街に突き出そう」

「あの馬鹿貴族には警告にはなるわね」

アカネの言う通り、これで僕らに手を出すべきじゃないとわかってくれるだろう。それに闇ギルドに対しても、殺し屋を処分した事で強烈な警告になると思う。もし、面子《めんつ》のために報復に来るならそれでいい。次は更に徹底的に潰すだけだ。

「面倒だけど、皆殺しはまずいでしょうしね」

「その方が楽でいいニャ」

皆殺しって、アカネも随分とこちらの世界に染まったな。ルルちゃんはもっと過激だし……

僕はソフィアに尋ねる。

「さて、傭兵と闇ギルドの奴は街で突き出すとして、貴族の私兵はどうしようか」

「拘束を解いて放置でいいのでは？」

僕達を襲撃した奴らの中に、明らかに貴族の私兵だと思われる装備の人間が二人ほどいた。せめて装備は目立たない物にしろよ。

「後方にいた貴族の間諜も扱いに困ります」

「うーん、切り刻んでおく？」

マリアが指差したのは、ここ数日僕達を見張っていた貴族の間諜達だ。カエデが怖ろしい事を言っている。しないからね。

「私兵以外は街で盗賊として突き出して、あとは冒険者ギルドに任せようか。私兵は放置で」

「そうですね。誰も戻ってこなければ警告になりませんし」

そうと決まれば、賊達をひとまとめにして近くの街へと転移で運ぶ事にした。

念のため街から少し離れ、街道を外れた場所に転移してきた。それから馬車に荷車を繋いで、そこに男達を積んで運ぶ。

「な、何だこれは⁉」

門番が驚きの声を上げる。そりゃ三十人以上の拘束された人間を積んで街の入り口に現れればビックリするよね。

「この先で襲われたので、返り討ちにしました」

僕はギルドカードを見せながら淡々と説明する。僕達全員が高ランクの冒険者だと知って、再び驚く門番の兵士。

「これは失礼しました。ご協力感謝します。コイツらは我々が引き取りますので、ギルドにこの書類を提出してください。報奨金がありますから。それと、盗賊を犯罪奴隷として売ったお金も僅かですがありますので」

「ありがとうございます」

僕は礼を言って街の冒険者ギルドへ向かう。

盗賊達の販売価格について、アカネが聞いてくる。

「犯罪奴隷って安いの？」

「そだね。奴隷契約で逆らえなくしてあっても、好き好んで犯罪者を欲しがる人はいないからね」

「それもそうね」

シンプルな理由だけあって、すぐに納得したみたいだ。


その後、冒険者ギルドでお金をもらい、再び国境へと出発した。

「本当に安かったわね」

「あの金額で売られるんだから、悪い事しなきゃいいのにって思うよね」

犯罪奴隷に堕《お》とされた三十人分のお金をもらったんだけど、とてもじゃないけど人間を売り買いする値段じゃなかった。

「まあ、同情の余地はないけどね」

「そうよ。アイツら、ソフィアさんは捕獲して、私達は弄《もてあそ》んだあと売るって言ってたのよ！」

ああ、襲撃の時にアイツらが言ってたのをちゃんと聞いてたんだ。それは怒るよな。

アカネが思い出して激怒している。口は災《わざわ》いの元だね。うちの女性陣が、失神したアイツらにキツく当たっていたのは、それも理由としてあったんだな。

「あの馬鹿貴族には私兵から報告があるだろう。それでもまだ僕達にちょっかいを出すなら、その時は全力で叩き潰してあげるよ」

「大丈夫なんじゃないですか。私兵を解放する時、みんな全力で威圧するから、お漏らしするほど怖がってましたし」

いや、マリアも目一杯威圧してたよね。

実際あの二人の私兵は、このあと使い物にならないかもしれない。僕達に囲まれて威圧され、色んな所から出ちゃいけないモノが出ていた気がする。

「さあ、今度こそ帰ろう。僕達の家に」

ツバキの引く馬車に乗り込むと、再び僕達は国境を目指す。

聖域までなら転移で一瞬だけど、最後はちゃんと新婚旅行気分で旅をしたいからね。

37　ただいま

色々あったけど楽しかった新婚旅行？　も終わろうとしている。僕らはサマンドール王国から北上しながら、聖域に向かっていた。

「聖域から南側の開発は、まだまだだね」

「そうですね。北側はユグル王国、バーキラ王国、ロマリア王国が競うように街道を整備し、魔物を討伐していますから」

聖域からウェッジフォートを経てロマリア王国への東西のラインは、街道や途中の城塞都市の建設など順調に発展している。

ウェッジフォートからユグル王国へ続く北へと延びる街道も、整備はほぼ完了していた。

ウェッジフォートからバーキラ王国のボルトン辺境伯領へ続く街道は、最初に建設されただけあって、魔物の駆逐も進んでいる。

「南側にはテーブルマウンテンとか、見応えのある景色もあるんだけどね」

「タクミ様、あそこはあれでも一応魔境ですから、普通の人では行けませんよ」

そういえば未開地は、小さいけど魔境があちこちにあるから、開拓出来ていなかったんだっけ。

ちなみに最近、未開地の魔境は少し変化している。これも聖域の影響なんだろうけど、魔素は相変わらず濃いにもかかわらず、瘴気が浄化されているのか、攻撃的な魔物の数が少なくなったんだ。

「それでも、サマンドール王国方面への街道整備は、僕達がすると問題あるんだよな」

「サマンドール王国自ら、街道整備する必要がありますね。我々やバーキラ王国を始めとする三ヶ国の資本で街道整備をしてしまうと、戦争の準備だと思われてしまいますから」

昔の日本でも戦国時代くらいまでは、他国に攻められやすくなるといって、ワザと曲がりくねった細い道にしていたと聞いた事があるな。

ともかく僕達が勝手に街道整備をすると、サマンドール王国に悪いふうに取られるわけか。

そんな話をしつつ進んでいると、馬車は聖域の結界までたどり着く。ツバキの引く馬車は、そのまま結界を通り抜け、僕達の住む屋敷まではもうすぐだ。

ふぅ、やっぱり帰ってきたと思ったらホッとするね。

「ただいま」

◆

タクミ達が国境を越えた頃にさかのぼる。

サマンドール王国の有力貴族のセコナル伯爵とボターク伯爵の二人は、それぞれの屋敷で報告を待っていた。

ワインを手に寛ぐセコナル伯爵のもとに、襲撃部隊を指揮していた兵士の帰還が告げられる。

「おお、やっと戻ったか！」

「……た、ただいま、も、戻りました」

「ん？」

憔悴《しょうすい》しきった部下の姿を見て、セコナル伯爵は初めて不安になる。

「エルフは手に入れたか！　馬車と竜馬はどうだ！」

「……しゅ、襲撃は失敗しました」

セコナル伯爵はその報告が信じられず、表情を歪ませる。

「し、失敗だと……傭兵に加え、闇ギルドの手も借りたはずだぞ！　何をふざけているんだ！

ちゃんと報告しろ！」

激昂するセコナル伯爵。一方、部下は感情が抜け落ちたような表情をしていた。

いつもと違う部下の様子に、セコナル伯爵は不審に思う。普段なら部下は叱責されるとオロオロするはずである。それが目の前の部下の表情は、むしろセコナル伯爵を哀れむようだった。

部下が淡々と告げる。

「……アレはバケモノです。私達は何も出来ませんでした……何もです。手も足も出ないんです。全滅するのに五分もかかっていません。それも我々を殺さないよう、手加減をしながらです」

「なっ、何を言っておるのだ。相手はたかだか七人、しかも男は一人だけではないか。何倍の戦力を送ったと思っているのだ」

セコナル伯爵がそう言うも、部下は首を横に振る。

「お館《やかた》様、その七人が全てバケモノなのです。それに七人ではありません。奴らの側には常に従魔のアラクネが付き従っていました」

「なっ、アラクネだと……厄災《やくさい》クラスの魔物ではないか。そんな報告は受けていないぞ！」

「我らの間諜の目にも気付かれぬよう、完全な隠形《おんぎょう》の術を持っているのでしょう。我らも、アラクネ自身が自分から姿を見せなければ、わかりませんでした。そんな規格外の魔物を従魔にしているのです。そこをご理解ください」

セコナル伯爵は口をパクパクとさせるだけで、言葉が出てこない。

部下は更に続ける。

「傭兵、闇ギルドの戦闘員、監視役の間諜達、全て冒険者ギルドに引き渡され、犯罪奴隷として売られました。その中に闇ギルドからの殺し屋は入っていませんから……そういう事でしょう」

「奴らは、た、ただの平民ではないのか？　傭兵も闇ギルドも戦闘のプロだぞ」

セコナル伯爵は気付くべきだった。王族でも所有するのが難しい竜馬に馬車を引かせている相手が、ただの平民のわけがない事を。

頭を抱えるセコナル伯爵に、部下が告げる。

「間諜達の補充も問題ですが、闇ギルドの戦闘員と傭兵達が犯罪奴隷に堕とされたのがまずいです。急いで全員買い取る方向で動いていますが……」

「ぐっ……」

セコナル伯爵家は、傭兵をそのままには出来なかった。そんな事をすれば、セコナル伯爵家に雇われる傭兵はいなくなってしまう。それは自前で抱える騎士の数を抑え、傭兵に頼るサマンドール王国の貴族家には致命的だった。

闇ギルドに関しては更にまずい。常日頃から後ろ暗い仕事をボターク伯爵に任せているセコナル伯爵は、ボターク伯爵とは持ちつ持たれつの関係だ。ここで見捨てれば、その関係は壊れてしまう。ボターク伯爵が握るセコナル伯爵家の闇を暴露されてしまうかもしれない。

「くそっ！　あの小僧、ただでは済まさんぞ！　地の果てまで追いかけ、儂の足元に頭を擦りつけ謝罪させてやる！」

激怒するセコナル伯爵。

報告していた部下は、突然辞職する旨を告げて部屋を出ていった。部屋には、呆然とするセコナル伯爵一人が残された。

セコナル伯爵とボターク伯爵の凋落《ちょうらく》は始まったばかりだ。

38　鍛冶の国の王と神匠の弟子

タクミとの鍛冶対決で敗れたゴバン王は凹んでいた。

勝負に負けたという事実もさる事ながら、タクミの打った太刀の目利きが出来ず、ゴランとドガンボから叱責を受けた事もショックだったのだ。

あれ以来、ゴバン王は工房に毎日通い、タクミが置いていった太刀を観察するようになった。

鞘から抜いた刀身を、腰掛けたまま食い入るように見つめるゴバン王。

「う〜む。何が吾の剣と違うんじゃ。ベースは同じアダマンタイトなのは間違いない。ミスリルの分量は吾の剣の方が多いのか？　もしやオリハルコンが少量混ざってるのか？　……わからん。合金の比率を聞き出せばよかったか」

「いや、ゴバン陛下。そんな事したら、ゴランの親方にまた叱られますよ」

ツッコミを入れたのは、ゴランの跡を継いで工房長となったドワジだ。

ドガンボとゴランが工房を抜けたあと、面倒なミスリルやアダマンタイトの精錬を辞め、儲かる数打ちの武器防具だけを作る工房にしてしまった男である。

そのおかげで、ノムストル王国が儲かっているのは事実だ。数打ちとはいえ、ドワーフの職人が打つ鋼鉄製の武具は作れば作るだけ売れるのだから。だが、剣を打つ技術は衰えてしまったのもまた事実だった。

一方、タクミの打った太刀は、ゴランや神匠と呼ばれた先人達の打った武具と比べても遜色ないレベルだった。それどころか、ゴランが言うには、剣としての出来ではノムストル王国が保管する国宝の中でも一番だという。

ゴバン王はその刀身を改めて観察する。

そこには見た事もない美しい刃文が浮き出ている。ゴバン王は、自分の知らぬ打ち方や理《ことわり》で作られているのだと理解した。

「……怖ろしい力を感じる剣じゃな。こんな細身なのに」

「形はサーベルに似ているようですが、まったくの別物ですね」

二人は飽きる事なく毎日太刀を見に来ていたが、それは様々技術を持つ他のドワーフ達も同様だった。

拵えが控えめながらも上品なその太刀は、鍛冶師だけではなく、あらゆる職人に刺激を与えた。

なお、ゴランが弟子達にアダマンタイト合金の剣を打って見せた事も、それに拍車《はくしゃ》をかけた。

そんな事もあって、今ノムストル王国では、ゴランの打った剣を目標に、その技術に追いつき追い越せと腕を磨き直す職人が増えている。いや、増えているというのは正確ではない。国中の職人全員が、技術の向上とより良い物を作る事を目指し出したのだ。

それに焦ったのが、ゴバン王とドワジだ。

一応、ノムストル王国の鍛冶師の頂点に座る二人は、このままでは自分達が置いていかれると気付き、危機感を持った。

ゴバン王は、称号が飾りだと思われてしまうかもしれないと怯えた。ドワジは、魔力炉の部屋を物置にしていたのをゴランに見つかり、こっ酷く叱られたばかりだ。

ガバッとゴバン王が勢いよく立ち上がる。

「ドワジ！」

「はっ、はいっ！」

「人族などに負けたままで、神匠と呼べるのかぁ！」

「えっ、えっ」

「ドワジ！　お前もゴラン兄貴から工房長を継いだのだろう。高みを目指さずどうする！」

「…………そ、そうですね」

これまでゴバン王は、王族だからという理由で、国民の尊敬を集めていたわけではない。ゴランに次ぐ、ノムストル王国二人目の神匠として尊敬を集めていたのだ。

それが鍛冶対決であろう事か、人族の若造にコテンパンに敗れる失態を晒してしまった。また、刀を初めて見たのを差し引いても、その凄さを見抜けなかったのは言い訳できない。

地に落ちた評価を取り戻すにはどうするのか。

この目の前にある太刀と同等か、それ以上の剣を打てばいい。そう、事はシンプルだ。

「話が決まれば、素材の調達だ！」

「えっと、アダマンタイトもミスリルも、鉱石のストックは十二分にあります」

ここのところ主力の商品が鉄か魔鉄だったので、アダマンタイトやミスリルの鉱石は大量にストックされていたというか、放置されていた。

「ゴラン兄貴に誇れる剣を打つぞ！」

「は、はいっ！」

こうして、ゴバン王とドワジの至高の剣を目指す戦いが始まったかに思えたが、彼らはミスリルやアダマンタイト製の武具が少なくなった理由を忘れていた。

◆

「グゥッ、ドワジッ、もっと魔力を込めろぉ！」

「は、はいっ〜！」

ゴバン王とドワジが、ゴランご自慢の魔力炉に魔力を流し込んでいる。

「まだまだじゃぁー！」

「ひっ、ヒィィィーー！」

「マナポーションを飲めぇー！」

「はっ、はいっ〜！」

鍛冶対決の時、ゴバン王は、素材となるアダマンタイトとミスリルの精錬をタクミ任せにしていたから忘れていたが、この作業には大量の魔力を要する。

妖精種であるドワーフは魔力量が豊富とはいえ、なかなか過酷だった。


「もっと魔力をーー‼」

「ヒィィィーー‼」

ゴバン王が、真っ赤に熱せられたアダマンタイト合金を小槌で叩く。次いで、ゴバン王の指示通りに、ドワジが大槌で叩く。

「もっと槌に魔力を込めろぉ！」

「はいぃぃ！」

火花とともに不純物が飛び散る。

「吾の腕が鈍ってるだとぉ！　今に見ておれぇ！」

「俺だってぇ！　ゴラン親方の後継者なんだぁ！」

暑苦しい男二人が一心に槌を振るう。

形作るのは、オーソドックスなロングソード。この世界で最も多く使われている武器の一つだが、シンプルなだけに、鍛冶師の腕が問われる。

ゴバン王は敢えて、王道のロングソードでタクミの打った太刀に対抗しようとしていた。ドワーフが好んで持つ戦斧や戦槌という選択肢もあったが、剣との優劣を競うにはわかりにくい。

歪みを直し、形を整える。

「よし！　焼き入れをするぞ！」

「はいっ！」

自身の感覚に従い、焼き入れの温度を見極める。

ジュウゥゥゥウーーー！

焼き戻した剣を荒研《あらと》ぎすると、美しい刀身が姿を現した。

「クゥッー！　会心の出来じゃ！　最高の剣を打てたぞ！」

「お、おめでとうございます、陛下！」

ゴバン王はあまりの喜びに立ち上がると、クラリとふらついてしまう。そこで意識が途切れてしまうのだった。

ガバッと起き上がると、そこは自分の寝室のベッドだった。

「陛下！　気が付きましたか！」

「ドワジ！　剣は！　吾の打った剣はどうした！」

ゴバン王は、自分が倒れていた事よりも打った剣の事が気になってドワジに聞く。

しかし、ドワジは首を傾げる。ゴバン王が何を言っているのかわからないという様子だ。

「陛下、大丈夫ですか？　まだアダマンタイトの精錬は半分も出来ていませんよ」

「……へっ？」

「陛下は、魔力枯渇で倒れられたんです。まだ剣は打ってません」

「嘘っ!?　えっ、もしかして……夢？」

確かに、夢と言われると納得する部分も多い。

「あの人族の打った太刀に勝てる剣を打てたと思ったら夢であったか……」

「陛下、続きはどうされますか？」

「もちろん、至高の剣が完成するまで続けるぞ。何よりまだ一本の剣も打ってないのだからな」

「そうですな。ゴラン親方に恥じぬ剣を打ちましょう」

「うむ。吾はやってやるぞ！　あの人族やゴラン兄貴以上の剣を打ってみせる！」

まさかの夢落ちで落ち込んだゴバン王だが、ドワジと二人、再びやる気を漲《みなぎ》らせ、タクミの太刀以上の剣を目指すのだった。

その後、アダマンタイトとミスリルの精錬に手間取った二人は、剣一本の素材を用意するだけで二ヶ月もかかってしまった。

それから更にアダマンタイト合金を作って、剣を打たねばならない。その全てが、教科書もない手探りの作業となる。

ゴバン王とドワジの目指す道は険《けわ》しい。

いずれ最強の錬金術師？
SOMEDAY WILL I BE THE GREATEST ALCHEMIST?
1〜2
原作＝小狐丸
漫画＝ささかまたろう
シリーズ累計
24万部突破
（電子含む）
最強の生産スキル
錬金術発動！
勇者でもないのに勇者召喚に巻きこまれ、異世界転生してしまった入間巧。「巻きこんだお詫びに」と女神様が与えてくれたのは、なんでも好きなスキルを得られる権利！地味な生産職スキルで、バトルとは無縁の穏やかで慎ましい異世界ライフを希望——のはずが、与えられたスキル『錬金術』は聖剣から空飛ぶ船までなんでも作れる超最強スキルだった……！ ひょんなことから手にしたチートスキルで、商売でボロ儲け、バトルでは無双状態に!? 最強錬金術師のほのぼの異世界冒険譚、待望のコミカライズ!!
◎B6判　◎各定価：本体680円＋税
Webにて好評連載中！　アルファポリス 漫画　検索　コミックス絶賛発売中！

累計500万部突破！
大ヒット
異世界×自衛隊ファンタジー
新章も好評発売中！
ゲート
GATE SEASON 2
自衛隊 彼の海にて、斯く戦えり
1〜5
柳内たくみ 著
Yanai Takumi
1巻「抜錨編」
待望の文庫化！
●各定価：本体600円＋税
1〜5巻好評発売中！
舞台は異世界の海！ゲート海自編、ついに開幕！
海上自衛隊VS異世界海賊＆海軍！
●各定価：本体1700円＋税
●Illustration：Daisuke Izuka
ゲート SEASON 1 大好評発売中！
単行本
●本編1〜5／外伝1〜4／外伝＋
●各定価：本体1700円＋税
文庫
●本編1〜5〈各上・下〉／
外伝1〜4〈各上・下〉／外伝＋〈上・下〉
●各定価：本体600円＋税
漫画
●1〜17（以下、続刊）
●各定価：本体700円＋税

この作品に対する皆様のご意見・ご感想をお待ちしております。
おハガキ・お手紙は以下の宛先にお送りください。

【宛先】
〒150-6008 東京都渋谷区恵比寿 4-20-3 恵比寿ｶﾞｰﾃﾞﾝﾌﾟﾚｲｽﾀﾜｰ 8F
（株）アルファポリス　書籍感想係

メールフォームでのご意見・ご感想は右のＱＲコードから、
あるいは以下のワードで検索をかけてください。

アルファポリス　書籍の感想　検索

ご感想はこちらから

本書は Web サイト「アルファポリス」（https://www.alphapolis.co.jp/）に投稿されたものを、改稿、加筆のうえ、書籍化したものです。

いずれ最強《さいきょう》の錬金術《れんきんじゅつ》師《し》？ 8

小狐丸（こぎつねまる）

2020年 11月30日初版発行

編集－芦田尚・宮坂剛
編集長－太田鉄平
発行者－梶本雄介
発行所－株式会社アルファポリス
〒150-6008 東京都渋谷区恵比寿4-20-3 恵比寿ｶﾞｰﾃﾞﾝﾌﾟﾚｲｽﾀﾜｰ8F
TEL 03-6277-1601（営業）　03-6277-1602（編集）
URL https://www.alphapolis.co.jp/
発売元－株式会社星雲社（共同出版社・流通責任出版社）
〒112-0005東京都文京区水道1-3-30
TEL 03-3868-3275
装丁・本文イラスト－人米
装丁デザイン－AFTERGLOW
印刷－中央精版印刷株式会社

価格はカバーに表示されてあります。
落丁乱丁の場合はアルファポリスまでご連絡ください。
送料は小社負担でお取り替えします。

ISBN978-4-434-28128-0 C0093